Eine Handvoll Haffwasser

Reinhard Kühl

Eine Handvoll Haffwasser

Erzählung

Bibliografische Information der Deutschen Nationalbibliothek
Die Deutsche Nationalbibliothek verzeichnet diese Publikation
in der Deutschen Nationalbibliografie; detaillierte
bibliografische Daten sind im Internet über
http://dnb.d-nb.de abrufbar.

© 2008 Reinhard Kühl
Satz, Umschlaggestaltung, Herstellung und Verlag:
Books on Demand GmbH, Norderstedt
ISBN 978-3-8370-3096-9

Inhaltsverzeichnis

Ein erster Wodka

Um es gleich zu sagen: Man hat uns das Auto geklaut. Aber jeder hat ja so sein Traumland, und das meine liegt im Nordosten.

Lilo wollte erst nicht mit. Sie stellte sich unter Urlaub doch etwas anderes vor. Nur mir zuliebe willigte sie ein. Ich hatte gedroht, alleine zu reisen: einmal müsse es sein, ich könne nicht immer nur von etwas reden und es nicht tun. Und außerdem, unsere Frau Frankenberg, bei der würden wir es dann auch endlich mal wahrmachen.

Also.

Ein heißer Augustsamstag auf der Autobahn war das, aber wenigstens hatten wir die Sonne im Rücken.

Wir waren (typisch mal wieder) spät weggekommen, noch in der Stadt gewesen, hatten als Mitbringsel Schwarzwälder Schinken, Affentaler Roten und einen Riesling Gut Nägelsförst eingekauft. Lilo war, ausgerechnet nachdem sie in dem Feinkostgeschäft nach einer Toilette gefragt hatte, im Nebenraum auf ihren beim Vesper sitzenden Käsemann gestoßen und im Nachhinein, als sie es mir erzählte, gleich nochmal rot geworden. Und ich hatte irgendwo auf den letzten Drücker noch ein Auto-Ladegerät fürs Handy gekriegt. 49,90.

Dafür dünnten sich die Laster aber sehr bald schon aus, und nennenswerte Staus gab es keine. In der Gegend von Dresden legten wir eine Pause ein, nahmen dann die Lausitzer Strecke, die wunderbar leer war und fuhren im östlichen Bogen an Berlin vorbei. Von der Stadt so gut wie nichts zu sehen.

Als wir durch die Uckermark kommen, dämmert es bereits, und kaum noch deutsche Autos. Dafür Polen hier, Polen dort. Jeder schleppt jeden irgendwie ab und nimmt noch einen huckepack. Und das am Samstagabend!

Auch schon baltische Nummernschilder.
  Estland? Lettland?
  Wahrscheinlich Lettland.
  Oder Litauen.
  Ja, Litauen.

An der letzten Tankstelle fülle ich nochmal ordentlich auf. Super Plus. Dazu der Kanister. Was wisse man schon, ob der ADAC alles so genau weiß.

Inzwischen ist es dunkel.
  Noch könnten wir umkehren, sagt Lilo.

Die Grenze ist hell erleuchtet. Ein Abschleppwagen will durch. Blitzt sich die Bahn frei. Aber auch wir kommen voran.
  Viel zu schnell sind wir bei *unserem* Zollbeamten. Der guckt in die Pässe, guckt uns an – klar, dass der sich wundert. (Mutige Leutchen, so spät abends.)
  Die Fahrzeugpapiere bitte. – Danke. Gute Fahrt!

Kein Warnen? Kein Zurückhalten?

Na also!

Der hätte ja sonst…

Bestimmt!

Hätte er ja müssen!

Am polnischen Zoll sind sie zu zweit. Wir reichen gleich alles raus. Guten Abend.

Die sehen jetzt, dass bei uns alles stimmt. (Gültigkeit weit über sechs Monate, jaja, wir wissen bescheid.)

Lässige Handbewegung: weiter.

Wir sind drin. In Polen. In Pommern. Hinterpommern.

Jede Menge Schilder! Bloß an alles halten! Bloß sich nicht gleich verfahren!

Szczecin.

Die Richtung stimmt.

Das Hotel muss außerhalb liegen, aber an dieser Straße oder Autobahn, was ist das eigentlich?

Nicht lange und Lilo ruft: Da drüben ist es!

Na, wer sagt's denn. Und alles stimmt: Schranke, Häuschen, Parkplatz. Bewacht!

Geschafft!

Die erste Etappe.

Neunhundertwieviel Kilometer?

Am Empfang spricht man deutsch. Der Preis sei etwas anders. So? Am Telefon? Nein, aber dafür gäbe es ein *grrosses* Frühstücksbüffet, und der Parkplatz sei auch darin enthalten.

Wir tauschen noch zu einem besonders schlechten Kurs, die beiden jungen Damen grinsen.

Das Zimmer mit Bad und WC. Fernsehen, Telefon. Großes französisches Bett. Lilo sagt gar nicht so schlecht.

Mir fällt ein Stein vom Herzen.

Vorher noch mal runter an die Hotelbar: ein erster Wodka.

Am langen Tisch eine deutsche Reisegruppe, älter als wir, ganz schön in Stimmung.

Im Nebensaal eine Hochzeit. Draußen vor den geöffneten Glastüren schwebt eine riesige Grillpfanne überm offenen Feuer.

Lilo gefällt der Barkeeper. Er bringt ihr bei, wie man panazdrowie spricht. Darauf trinken wir noch einen.

Piazza Navona an der Ostsee

Am nächsten Morgen weckt uns die polnische Sonne. Die Grillkohlen der Nacht sind noch zu riechen. Aber *Panoramahotel* stimmt sogar: da die Oder und da hinten Stettin. Der erste Schwenk mit der neuen Kamera.

Nach dem *grrossen* Frühstücksbüffet lassen wir die Stadt liegen und begeben uns auf die E 28. E wie Europa. Wir sind nicht aus der Welt.

Gdansk 351 km.

Rechts und links Wald. Das, was wohl mal die alte Autobahn war, wird zu einer breiten Landstraße mit einem gar nicht so schlechten Pflaster. Die Reiseführer haben schwer übertrieben – oder sagt man da *untertrieben*?

Um uns herum hauptsächlich Polsky-Fiats, aber auch Golfs. Und sieh mal an: Audis. Aha. Polnische Familien auf Sonntagsausflug. Die fahren sicher zum Baden, vielleicht rüber an die Strände Wollins oder nach Swinemünde, *Swinoujscie,* auf den Ostzipfel von Usedom, die See ist nicht weit.

Alles ganz normal. Mal Radio anmachen. Wir lassen uns überholen. Der Gegenverkehr spielt anscheinend keine Rolle, auch jetzt nicht, wo die Straße schmäler wird. Die weichen einfach aus, drücken sich an den Rand, keine Lichthupe, keine Zeige- und schlimmere Finger. Was für nette Leute! Da könnten wir uns für zu Hause mal 'ne dicke Scheibe von abschneiden.

Radio hat wenig Zweck. Nichts zu verstehen und die Musik nicht unser Geschmack. Also lieber CD.

Mozart oder die Spanische?

Haben wir etwa nur die beiden dabei? Lass mal sehn. – Ja wirklich. Blöd, nicht drangedacht, schade. Aber wir würden hier ja auch hauptsächlich gucken wollen, alles in uns aufsaugen. Und übrigens könntest du nachher schon mal anfangen, was über Danzig vorzulesen.

Da! 'n Deutscher.

Noch einer!

BMW, Mercedes.

Guantanamera, die sind doch wirklich überall. Aber haben nicht mal geguckt. Übrigens viel zu schnell.

Und wir sind vermutlich sogar zu langsam. Richtiges Verkehrshindernis. Wenn man sich vorstellt, was uns so alles überholt. Wir fielen ja direkt auf. Das könne auch nicht gut sein.

Der Wald ist zu Ende.

Das also das weite hinterpommersche Land: vor allem grün und leicht wellig. Immer ein bisschen rauf und runter.

Jungmoräne! sage ich, als wir so richtig schön Achterbahn fahren.

Lilo sagt mhm.

Sie hat den Kopf zurück und das Gesicht nach rechts in die Sonne gedreht.

Ja, ich weiß, sie kennt die Dinger. Glücksburg. Die Stippvisiten bei Tante Käthe, Abstecher auf den Fahrten zur – oder zurück von der Insel. Das Städtchen selbst buckelt ja nur so auf eiszeitlichen Hinterlassenschaften. Allein die alte Dame wieder armreichend die hundertfünfzig Meter von der Kuranlage in ihre Narvikstraße hochzugeleiten, ein durch die Beine fühlbares morphologisches Vergnügen, das Lilo leider nie mitzuempfinden gelernt hat, in mir aber natürlich die Erinnerung an unbeschwerte geografische Exkursionen wachruft, an denen immer auch reizende Kommilitoninnen teilgenommen haben. Deshalb beim nächsten Heber gleich nochmal:

Jungmoräne!

Schön, gibt sie zur Antwort, aber ich bin mir sicher, sie hat die Augen unter ihrer Syltbrille fest geschlossen.

Du guckst ja gar nicht!

Aber merken täte sie es, sagt sie. Erst ginge es rauf, und wenn man oben sei, wieder runter.

Ob sie denn überhaupt noch wisse, wann und wie diese Hügel entstanden seien?

Klar. Hätte ich doch alles schon erzählt. Schon ein paarmal.

Ja, aber ob sie es noch wisse?

'türlich.

Ich könne es ihr sonst gerne noch mal erklären.

Das sei nicht nötig.

Aber es würde mir nichts ausmachen, ich täte es sogar gerne.

Weiß ich ja, sagt sie. Aber es sei alles gut so. Alles sei gerade so schön. –

Halb rückwärts streckt sie mir ihre linke Hand her und genießt die Sonne. Ich glaube, sie döst ein.

Schläfst du, Fischchen?
Mhm.

Felder, schon abgeerntet.

Weiter weg ein einsamer Traktor, noch bei der Arbeit.

Das erste Dorf. Mit unaussprechlichem Namen.

Jetzt könnte uns dein Barkeeper helfen!

Das macht sie wach: Wieso meiner?

Häuschen, grau wie kurz nach der Wende, dafür die Gärten voll bunter Wiesenblumen.

Ein Laden mit gammeligem Eingang, ein Tisch an der Straße. Männer, Kinder. Werbung für eine polnische Eismarke.

In der Dorfmitte mehr alter Backstein. Die Kirche protestantisch rot hinter Bäumen, und spitz.

Dann aber ein Kruzifix, geschmückt wie ein Flaggschiff, mit Blumengirlanden nach allen Seiten.

Echt oder Papier?

Hinter der Ortsausfahrt befindet sich auf einem ausgedehnten Erdpodest, über etwas Darunterliegendem, ein großes, merkwürdiges Rechteck aus Birken. – Als wir näherkommen, ist es der Friedhof. Die Kreuze schwarz und blank, die Steine weiß.

Ein junges Land.

Im nächsten Ort wird Schritt gefahren: Die Kirche ist aus.

Helle Sonntagskleider. Keine Frau, kein Mädchen in

Hosen. Die Männer in Anzügen. Wann hat es das bei uns gegeben?

Pomoranen – *die am Meer Wohnenden.*

Abstecher nach Kolberg.

Auf dem engen Sträßchen zwischen den Alleebäumen bekommen die Reiseführer jetzt doch Recht: Boot auf kabbeliger See.

Dummerweise folgt uns ein ramponierter, roter Golf mit schwarzem Kennzeichen, besetzt mit vier finsteren Burschen. Glotzen von hinten rein.

Was soll das?

Und wir so langsam, eisern nach Vorschrift.

Die überholen nicht.

Warum überholen die nicht?

Lilo sagt so wenig, mir ist nicht wohl, und keine Hilfe weit und breit.

Wenn die sich nun verabreden? Ein Handy hat heute jeder, und da vorne werden wir kurzerhand abgestoppt und ausgeraubt?

Gute Nacht, wir waren zu leichtsinnig.

Gegenverkehr: Ah, ein Pferdefuhrwerk, das beruhigt.

Ganz rechts rüber.

Riesen Schlagloch! Auweia!

Die hinter uns fliegen in ihrer Boje an die Decke – aber kleben an uns dran.

Nach Kilometern endlich Häuser!

Wartkowo. Ein winziger Flecken mit leerem Storchennest.

Der Golf blinkt – und, biegt tatsächlich ab!

Noch mal Glück gehabt! Puh! Fährt im Rückspiegel auf irgendeinen Hühnerhof – weg!

Also doch alles ganz harmlos, siehst du. Pure Einbildung.

Kolberg, *Kolobrzeg*, zeigt Plattenbauten der unansehnlichen Art und immerhin einen schön renovierten Bahnhof aus alter Zeit. Busse, Taxis, Menschen, Ampeln.

Wir fahren der Nase nach und finden einen bewachten Parkplatz. Papiere, das Geld, Handy, die Kamera mitnehmen.

Die Sonne scheint, wo Norden ist, ist klar, trotzdem zur Sicherheit gefragt:

Zum Strand? Strand? Meer? To the beach?

Ja, ja!

Der junge Parkplatzwächter bestätigt meine Annahme und nickt heftig. Lilo sagt ihr zweites Wort: Dsiänkujän! und lächelt süß wie ein Püppchen. So gefällt sie mir. Bestimmt passt er jetzt ganz doll auf unseren Wagen auf! Wahrscheinlich ein Student. Wir geben ihm nachher ein ordentliches Trinkgeld!

Marktbuden mit allerlei Trödel. Dann ein Laubwald, aber genügend Leute auf befestigten Wegen. Der Wald ist schmal und aus dem Dunkel führt eine Öffnung, hell wie eine Verheißung.

Bleib mal stehen. Schau!

Die Ostsee! – Blau wie die Südsee!

Ein paar Schritte, dann staunen wir gleich noch einmal: Hochsaison, der Strand quillt über.

Die Schuhe in die Hand genommen und durch den warmen Sand nach vorne. Leichte Brise, es riecht noch nach Sommerferien, und nette Wellen laufen aus. Das Wasser ist kalt, wie bei uns, wie immer. Aber überall wird munter drauflosgebadet.

Wir sind ganz fremd.

Links fällt in einiger Entfernung eine Seebrücke auf, nach rechts ist kein Ende abzusehen. Also nach rechts, nach Osten, wir wandern mit den Füßen im Wasser.

All die gut gebauten Polinnen, sagt Lilo, *sie* hierher mitzunehmen, das sei ja wie Eulen – *eine* Eule – nach Athen getragen. Bestimmt hätte ich es insgeheim schon bereut, dass sie mir zugesagt habe.

Ich sage, heilfroh bin ich, wie wollte ich mich denn sonst verständigen?

Sie kneift mich am Oberarm.

Guck, da vorne, sage ich, etwa Strandkörbe? Ich denk, die gäb's hier gar nicht mehr?

Lenk nicht ab! sagt sie.

Die Strandkörbe sind beim Näherkommen Werbeträger für Pepsy. Plastikgehäuse, die aussehen wie aufgeschnittene Coladosen, in die man sich hineinsetzen kann. Einer ist noch frei. Aber hart sind die, eng und nicht zum Kippen.

Wo die alten wohl geblieben sind?

Strandkörbe halten nicht so lange.

Zwischen Kolberg und Köslin lernt Lilo dzièn dobry, zwischen Köslin und Stolp dobry wieczòr. Außerdem hat sie gelesen, dass das Danziger Goldwasser den Lachs unsterblich gemacht habe. Das eine sei etwas zum Trinken und das andere ein Lokal, in das wir dann gehen würden.

Vorerst aber fahren wir durch Stolp, *Slupsk*, dessen backsteinrote Mitte den wechselnden Zeiten trotzig widerstanden hat.

Weiter längs hängen kitschige Leinwandfotos. Unter einer schettrigen Überdachung hervor treten die Kinobesucher, stehen benommen und vertragen das Tageslicht nicht.

Am Stadtrand grüßt die grüngelbe Flaggenparade einer blitzblanken Tankstelle. Verlockend, aber wir haben noch dicke genug.

Hinter Stolp wieder mehr Wald.

Viel zu dicht am Straßenrand sitzen jetzt, nachmittags, die Pilzsammler mit vollen Körben, aber keiner hält an. Wir auch nicht. Und dann haben wir endlich auch jenen betrunkenen Fahrradfahrer, vor dem in unseren Polenführern ausdrücklich gewarnt wird, und im großen Bogen weichen wir ihm aus. Das würden wir uns nicht ausmalen mögen, sagen wir uns gegenseitig, so einen hier unters Auto zu bekommen, und dann die polnische Polizei!

Und dann ein polnisches Gefängnis!

Und dann nie, nie mehr nach Hause!

In der Gegend von *Lebork*, Lauenburg, ist in einer gewissen Entfernung ein ansehnlicher Höhenzug zu bewundern mit regelrechten kleinen Gipfeln, von dunklen Wipfeln bestanden. Wie gerne würde ich wieder, aber ich beiße mir auf die Lippen und sage lediglich: Wie der Schwarzwald! Und Lilo sagt lediglich mhm.

Ich füge Erstaunlich! hinzu, aber sie fragt nicht, warum.

Ich sage: Wie richtige Berge, aber sie nickt nur.

Einen Versuch starte ich noch: Sind natürlich keine wirklichen Berge im eigentlichen Sinne.

Aber Lilo blättert einfach.

Nun kriegt sie es zur Strafe doch noch ab: Das versuche sie sich einmal vorzustellen: dass die kilometermächtigen Gletscherzungen der letzten Kontinentalvereisung, von Skandinavien aus die Erdkruste aufschabend und Gebirge uralter Meeresböden vor sich her drückend, die voreiszeitliche Oberfläche des gesamten südlichen Ostseeraums mit zeitlupenhafter Wucht gewissermaßen urzeitlich-schöpferisch zu verpuppen vermocht hätten, um im Verlaufe des Abschmelz- und Rückzugsprozesses mit der weichgrundigen, hauptsächlich aus Geschiebelehm bestehenden Hinterlassenschaft ungezählter Grund-, Seiten- und Endmoränen, das Gesteinsmaterial Nordeuropas eingebacken wie Rosinen im Teig eines Dresdener Stollens, einer künftigen Landschaft jene verjüngte, überraschend hügelige Gestalt zu schenken, deren eindrucksvollste Erhebungen sich *ihr* hier nun im fernen Hinterpommern darböten, während sich, nebenbei bemerkt, die glazial verursachten Schürfwunden einst mit Schmelzwasser gefüllt und angeschickt hätten, zu dem zu werden, was der Geograph heute von Holstein bis Masuren als überaus reizvolle Seenplatte bezeichne! Wobei übrigens zu erwähnen sei, dass das sogenannte Quartäre Eiszeitalter letztlich erst vor, salopp ausgedrückt, läppischen zehntausend Jahren, also erdgeschichtlich betrachtet, wie der Besch immer zu sagen gepflegt und was unsere im Großen und Ganzen nicht unansehnlichen Kommilitoninnen stets dazu veranlasst habe, mit ihren im allgemeinen durchaus hübschen Augen zu rollen, wenn man so wolle, eben erst…

Pscheprrrascham! ruft Lilo plötzlich sehr laut und sehr selbstbewusst dazwischen und lässt mitten im Wort mehrere besonders polnische Errrs durchaus gekonnt über ihr einmalig süßes Zünglein rollen. Ob ich mir denken könne, was *das* wohl heiße und wie *das* wohl geschrieben werde?

… zu Ende gegangen sei, ergänze ich noch trotz eines ziemlichen Erschreckens und zucke mit den Schultern.

Pe-er-zet-e-pe-er-a-es-zet-a-em, sagt sie, ich solle es ihr einmal nachsprechen: Pscheprrrascham! – Polnisch sei das, und Entschuldigung heiße es!

Pscheprascham sage ich kleinlaut.

Sie mache sich langsam ein bisschen Sorgen um Kristina. Schon *eine* Woche weg und erst *ein* Anruf, und der nicht mal von ihr selbst. Martinel sei da doch ganz anders gewesen! (Sie zieht die Kopie mit Martinas Plan aus dem Handschuhfach.) Die hat heute übrigens vier Legs. Zweimal Bologna und endet wieder in Stuttgart bei ihrem Udo. Morgen und übermorgen nur Bereitschaft.

Vor Danzig wird der Verkehr dicht, vierspurig. Einige Autos schon mit den neuen weißen Kennzeichen, von unseren kaum zu unterscheiden. In den Vororten überall Neubauten mit knallroten, glasierten Ziegeldächern, Real- und sonstige Märkte, übergroße Plakatwände mit westlicher Werbung. Camel heißt auch hier Camel. Nun kann nichts mehr passieren.

Stare Miasto, Old Town: geradeaus. Man rollt bergab und hält neben pöffenden Kleinlastwagen an der Ampel. Zuletzt ein wilder Kreisverkehr, dann ist es nicht mehr zu übersehen: Lübeck, Wismar, Rostock, Stralsund, alles auf einmal.

Das *Hanza-Hotel* soll an der Mottlau liegen. Wir fahren über Kopfsteinpflaster, bis es nicht mehr weitergeht.

Nun guck mal da: dein Goldwasserdingsbums! Ist das nicht ein Witz?

Die Parklücke finden wir genau unter dem Banner, das die Straße überspannt: *Der Lachs.*

Zusätzlich mit einem farbigen Fisch darauf.

Im Wagen neben uns ist das Lenkrad mit einem Eisenbügel verkeilt. Am hellichten Tag! Das gibt mir zu denken. Wo kommt der denn her? – Schweden. Volvo.

Aber uraltes Modell, den will doch sowieso keiner mehr.

Zwei polnische Polizisten als Doppelstreife. Ganz gemütlich. Lassen sich Zeit. Haben alles genau im Blick. Gut so!

Und außerdem: Das Wichtigste, falls wirklich mal was schiefgehen sollte, tragen wir ja bei uns: die Papiere, das Geld, …

Lilo liest schon die Speisekarte.

Auch auf Deutsch! ruft sie. Allerdings ganz schön gepfefferte Preise, glaubt sie.

Vermutlich gleich das Vornehmste hier überhaupt, sage ich, jetzt sei es ja auch noch zu früh, davon abgesehen. Erstmal müssten wir unser Hotel gefunden haben.

Ich will sie wegziehen, aber die Tür steht offen, ein vergoldetes Aushängeschild darüber, sie möchte noch einen Blick in den *Lachs* werfen.

Mit so was Schönes hätte ich noch nicht gesehen! kommt sie wieder heraus. Richtig fein! Und trotzdem urgemütlich!

Na, dann wüssten wir ja schon, wohin wir später zu gehen hätten, sage ich und führe sie vorerst an der Hand in Richtung eines Hausdurchganges, hinter dem man Leute wie auf einer Promenade spazieren sieht. Und von dem Goldwasser würden wir auch eine ordentliche Menge zu uns nehmen, stelle ich in Aussicht.

Unter der Öffnung, die durch ein massiges, altes Backsteingebäude führt, bleiben wir stehen: dunkles

Gebälk, Holzzahnräder, dicke Taue, Finsternis, in die wir hochgucken.

Was kann das sein?

Vielleicht…?

Das könnte…

Weißt du, was ich glaube…

Du, und da draußen der Fluss, genau… Ich werd verrückt!

Ich laufe hindurch zwischen all die Leute, die da flanieren, und starre nach oben: Und da hängt wahrhaftig ein grässlicher Eisenhaken in der Luft hoch über mir, und eine gewaltige Konstruktion aus schwarzem Holz stuft sich, je höher, desto bedrohlicher weiter nach außen bis über das Wasser vor.

Das Krantor! sage ich zu mir selbst.

Meine Güte! Gänsehaut.

Lilo staunt weniger lange und entdeckt dafür in der Nachbarschaft das *Hanza*. Prima! Also zurück zum Auto.

Beim *Hanza* ist man gewissenhaft und lässt uns mit dem Wagen so dicht vor den gläsernen Eingangsbereich rücken, dass ich die Überzeugung gewinne, man wolle sich hier mit unserem deutschen Fabrikat und seinem schönen Badener Nummernschild schmücken. Mit dem Hinweis auf die *Russian Mafia* werden am Vorder- und Hinterrad schwere Krallen angeschraubt.

Das *Hanza* ist elegant und man weiß sich zu benehmen. Lilo und mich stellt der Liftboy erst einmal alleine in den Aufzug und drückt. Unser Gepäck und er folgen im nächsten.

Vom Zimmer aus im vierten Stock vor uns die Mottlau samt weißer Ausflugsschiffe und einem rostigen Frachter. Unten die sehr belebte Uferpromenade, und wenn man sich vorbeugt, sieht man gleich rechts besagtes Krantor ragen, Danzigs Wahrzeichen.

Ich glaube, der Preis ist gerechtfertigt, sage ich.

Das Bad ist blitzsauber, sagt Lilo. Allerdings, guck mal, die Betten: auseinander.

Wer als erster was will, sage ich, muss wandern.

Danzig und seine Tore. Hohes, Goldenes, Grünes.

Als wir bummeln gehen, hat der Turm des Rechtstädtischen Rathauses noch Abendsonne. Die Fassaden und Giebel der Patrizierhäuser am Langen Markt stolzieren bereits im Scheinwerferlicht: an allen Gebäuden die Fahnen mit den Wappen und Namen alter hanseatischer Familien. Vor den Gasthäusern sitzen die Menschen unter großen Schirmen an weißgedeckten Tischen.

Beim Neptunbrunnen erklingt Musik: eine Pantomimengruppe, umringt von Neugierigen.

Staffeleien. Portraitmaler, modellsitzende Frauen, Mädchen. Zugucker.

Piazza Navona an der Ostsee!

Und übrigens fabelhaft, wie diese neue Kamera fast ohne Licht auskommt!

Lilo hat Hunger, und es riecht nach Pizza.

Dann wird aber wohl nichts aus deinem Lachs im Goldwasser, beziehungsweise umgekehrt?

Vernünftigerweise gibt sie zu, dass *eine* pikfeine Angelegenheit – nämlich das *Hanza* – eigentlich genüge, so krösusmäßig hätten wir es ja nun auch nicht, und ich füge hinzu, dass es das Goldwasser ohne den Lachs vermutlich auch an der Hotelbar gebe.

Die Pizza gibt es im *Sphinx*, und später an der Hotelbar finden wir, dass uns der Wodka gestern gut, wenn nicht sogar sehr gut bekommen sei. Also wieder Wodka.

Die junge Dame hinterm Tresen spricht Englisch. Wir erzählen ihr, dass wir über Stettin hereingefahren sind und den Strand von Kolberg schön gefunden haben. Sie sagt, dass alle polnischen Strände so schön sind, und ich will eine Bemerkung machen, die Geschichtliches berücksichtigt hätte, zügele mich aber und frage lieber, ob es beim Wodka auch verschiedene Marken gibt.

Von allen, die sie aufzählt, merke ich mir *Chopin*, und beim Bezahlen stellt sich heraus, dass der für sich alleine genommen schon so etwas wie eine *zweite* pikfeine Angelegenheit gewesen sein musste.

Auf Kopernikus ist Verlass

Am Montagvormittag liegt das Mottlau-Ufer in Helligkeit und Wärme. Man begegnet nur wenigen. Mit einer Handvoll Fahrgästen hat die ›Westerplatte‹ abgelegt, die anderen Schiffe liegen vertäut.

Überm Wasser auf der Mauer sitzen und Ansichtskarten schreiben. Alle bekommen sie das Krantor frei Haus, unsere Freunde, sollen sehen, dass ich es wahrmache!

Wie oft hatten sich die Ärmsten an Racletteabenden Karten aus alten Atlanten erklären lassen, in Bildbänden blättern und meine Schwärmereien ertragen müssen. Anschließend zu Hause in ihren Badezimmern einander hundertprozentig darin bestärkt, dass ich mit meinem Spleen nun langsam aber sicher einen Vogel gekriegt hätte.

All die dicken Krantore nun hier zur Belohnung! Besonders natürlich für Ruth und Jürgen, die tatsächlich drauf und dran gewesen waren, mitzuwollen, in einer Rotweinnacht im Winter schon so etwas wie Reiseinitiative ergriffen hatten. Ihnen zuliebe wäre Lilo sogar noch einmal mit einem Wohnmobil gefahren, obwohl unsere gemeinsame Abenteuerreise in die neuen Bundesländer für sie eine Tortur gewesen war. (Einen fehlenden Besen, und Sand, den sie an ihren Fußsohlen mit ins Klappbett getragen hatte, erwähnt sie heute noch.)

Zuletzt haben sich die beiden leider doch nicht

durchringen können, lieber wieder Blassens Haus auf Mallorca vorgezogen.

Einige Lokale und Kneipen werden schon gelüftet und ausgefegt. Galerien und Bernsteinläden in der Frauengasse öffnen nach und nach, aber rechnen noch mit niemandem. Die steinernen Löwen, die auf den breiten Treppengeländern der Beischläge hocken, dösen im Sonnenschein.

Wir betreten ein Bildergeschäft und sehen als erstes – uns! Die Inhaberin lächelt. Wir sind heute die Ersten, die auf den großen Spiegel hereinfallen.

Sie ist nett, und wir kaufen eine kleine gerahmte Zeichnung: ein Krantor für uns selbst.

Die Europastraße 75 verläuft vor und hinter Dirschau, *Tczew*, auf einem Hochgestade. Der Verkehr ist dicht, jede Menge Laster. Zehn Meter tiefer, nach Osten zu, erstreckt sich die Weichselniederung. Vollkommen flach ist sie, Bauernland, so weit man sehen kann.

Wir haben Frau Frankenberg angerufen. Das erste Mal überhaupt. Ich sprach mit ihr. Wir würden sie morgen besuchen, wenn es ihr recht sei. Sie war nicht einmal sonderlich überrascht, hat mit uns gerechnet, schon den halben Sommer, auch im vorigen Jahr bereits, nachdem in den Briefen etwas gestanden habe. Sie erwartet uns zur Kaffeezeit.

Wie spricht sie denn? wollte Lilo wissen.

Ich fand, ostpreußisch.

Auf freier Strecke die Abzweigung: *Elblag. Malbork.*

Kaum noch was los. Die Straße ist sehr gerade und viel zu breit. Allerdings altes Kopfsteinpflaster. Freistaat Danzig, Korridor.

Rechts und links Pappeln. Im Abstand von zweihundert Metern zwei käufliche Damen. Ein Sattelschlepper hat gehalten: Mittagspause!

Ob ich einen Zwieback möchte.

Ja, warum nicht.

Auf der Weichselbrücke und dahinter wieder Asphalt und normale Breite, aber immer noch wie mit dem Lineal. Die Richtung: Ost.

Malbork. Vom Ortsschild diesseits der Nogat hinter Grün schon auszumachen: sehr viel Backstein. Wir fahren ein Stück nach links, dann steht sie da, am gegenüberliegenden Ufer des Flusses: Die Marienburg! Der Blick ist völlig frei.

Ist sie nicht breiter, größer, röter als auf allen Fotografien?!

Da drüben ist Ostpreußen!

(Aber nicht schwach werden jetzt. Nur keine feuchten Augen.) In aller Ruhe mit der Kamera.

Lilo hat einen bewachten Parkplatz.

Zu Fuß gehen wir über die schmale Holzbrücke und weiter am Ufer die Backsteinmauer entlang. Zwei runde

Dicktürme mit Spitzdächern bilden dort, wo früher die Frachtkähne angelegt haben mochten, eine Art Holstentor. Aber verschlossen.

Die Nogat fließt träge (wie auf allen Bildern). Zwischen Schilfgräsern eine sandige Badestelle, einheimische Buben balgen sich im Wasser.

Der Weg führt an der Südseite nach oben. Von hier aus gewinnen wir einen Überblick: klotziger Kernbau, Hochmeisterschloss, Türme, Türmchen, Zinnen, Erker. Schlosskapelle.

Im äußeren Burghof zwei junge Männer bei Kletterversuchen auf meterhohen Mauerresten. Der eine mit einem Hündchen unterm Arm. Durchaus vorsichtig.

Bis knapp vor die Südostecke der Anlage hat sich der Sozialismus herangewagt und schäbiges Wohnen hinterlassen. Unterwäsche wie Fastnachtsfähnchen zum *Schmotzige Durschdig*, Schmutzigen Donnerstag.

Im Norden ist der Eingangsbereich mit Andenkenbude. Polnische Schulkinder mit hochgereckten Köpfen unterm Fallgitter. Ein leibhaftiger Ordensritter steht zu Diensten: schwarzes Kreuz auf weißem Überwurf, Schwert und Helm. Das Visier hochgeklappt für Album und Video. Lediglich die Schuhe, die sollten nicht mit aufs Bild. Dass die immer nicht stimmen. Auf Kuppenheimer Beerdigungen das Gleiche. Die Messdiener: Weihrauch, und unten gucken die Turnschuhe heraus.

Die Strecke hinter Elbing ist einsam. Sie führt laut

Karte dicht am Haff entlang, aber der Laubwald gibt kaum einen Blick aufs Wasser frei. In engen Kurven geht es ständig steil bergauf und bergab. Natürlich alles junge Moränen, aber ich hüte mich, sie zu erwähnen. Lilo ist enttäuscht genug, hatte ich ihr doch eine herrliche Küstenfahrt bei schräger Nachmittagssonne versprochen.

Endlich wieder eine Ortschaft. Nichts los. Aber gleich am Ende des Ortes eine Überraschung: rechts oben am Hang ein schlossartiges Hotel, umgeben von einer geräumigen Golfanlage. Unten an der Straße die Einfahrt wie zu einem Fürstenhof. Alles so überaus neu wie gerade eben erst fertiggestellt. Also bitte, wenn Frauenburg nichts sein sollte, kehren wir hierher zurück.

Als wir wieder durch Wald fahren, sagt Lilo, sie habe da gar keine Menschen gesehen. Sie meine, keine Gäste oder so, Golfer. Auch keine Autos. Ob mir das nicht aufgefallen sei?

Ich hätte nicht so darauf geachtet, aber zur Not führen wir zurück nach Elbing, da meinte ich so etwas wie ein Hotel gesehen zu haben, und im alleräußersten Ernstfall bliebe ja immer noch Danzig mit dem *Hanza*. Wobei eine Nachtfahrt nicht das wäre, was ich mir unbedingt wünschte.

Bloß das nicht! sagt Lilo.

Auf Nikolaus Kopernikus ist Verlass.

In Eisen gegossen steht er da und bewacht seinen Dom, der hinter ihm auf der Anhöhe thront. Wie es scheint, am Ende der Welt.

Frombork, Frauenburg. Ein Ort, der wohl vergessen wurde.

Das Hotel ist schnell gefunden, das *Kopernik*. Im Flachdachstil amerikanischer Motels, nur planwirtschaftlicher und ein wenig heruntergekommen. Nicht besonders einladend. Lieber noch mal überlegen.

Es gibt einen kleinen Hafen mit ein paar Nussschalen. Leider nicht romantisch. Zu neu, zu zweckmäßig.

Wir stellen den Wagen ab. Die Männer, die neben einem Kiosk hinter ihren Gläsern sitzen, gucken.

Papiere, Geld, Handy, Kamera.

Wir gehen ein Stück weit auf die Mole hinaus, wo ein seltsames graues Schiffchen angelegt hat, dem ein knappes Dutzend Passagiere entsteigt. Ausflügler? – Eher nicht. Eher Leute, die von irgendwo von der Arbeit kommen. Reden kaum was miteinander.

Das Ding hat die Form eines U-Bootes oder Zeppelins, ist aber nicht groß, besitzt kein Deck, ist bis auf die Ausstiegsklappe ringsherum geschlossen und hat Fenster wie eine Druckkabine. Es sieht sehr russisch aus – oder eben sehr polnisch. Nicht sehr vertrauenerweckend. Requisite aus einer alten Jules-Verne-Verfilmung.

Das Ding haut leer wieder ab. Schnell ist es schon.

Das Wasser des Haffs beruhigt sich und liegt bleiern. Die Luft steht, der Himmel ist dünn überzogen. Die verschleierte Abendsonne von links. Am Horizont der Strich; nur eine Ahnung von etwas.

So.
Nun bist du also da.
Und nun? Enttäuscht?

Wie oft hattest du in ereignislosen Erdkundestunden die Küste entlanggeguckt?
Flatterhühnchen Rügen. Usedom, Wollin.
Lange nichts und die Halbinsel Hela.
Dann ging es noch mal richtig los: Samlandstirn, Kinnriemen und römischer Helm. Die beiden ins Wasser geworfenen Sichelstücke.

Ostpreußen.

Unter polnischer-, unter sowjetischer Verwaltung, stand da. Sonderbar fremd und geheimnisvoll. Unerreichbar.

Kaum ein Heftumschlag, keine Lektüre, an der du dich nicht mit Küstenlinie und Umriss erprobtest. (So ausgiebig, dass deiner armen Schwester Hannelore als häufiger Zweitbesitzerin deiner Reclamhefte noch zwanzig Jahre später, wie sie zugab, eine Gänsehaut über den Rücken lief, als sie auf ihrem Flug von Helsinki nach Posen mit der Charly Kilo plötzlich links unter sich die Nehrungen wiedererkannte.)

An der PH deine Zulassungsarbeit: Die Küstenformen im Geographieunterricht der Sekundarstufe I. – Zwischen Watt, Förde, Fjord, Rias, Ästuar und Canale noch deine unzeitgemäße Haffküste unterzubringen, das war dir die Hauptsache gewesen!

Und seit du selbst vor Schülern stehst: achte Klasse, Weltbilder. Kopernikanisches Weltbild: *Extra dafür lässt du jedesmal die alte Karte aufhängen, Norddeutschland, auf der noch alles drauf ist.*

Frauenburg! Soll ich euch das *mal zeigen, wo* das *liegt?*

Und nun und jetzt?

Zumindest Ernüchterung.
Und Unschlüssigkeit.

Kommst du mit zum Auto? fragt Lilo. Holt mich aus Gedanken. Frauenburg gefällt ihr nicht.

Um nicht den Blicken der Männer beim Kiosk ausgesetzt zu sein, wechseln wir auf einen von hohem Unkraut bewucherten Parkplatz hinüber.

Und der Dom? Wo wir doch schon mal hier sind. Morgen könnten wir ihn besichtigen. Und einen Aussichtsturm gibt es auch.

Lilo ist lustlos. Aber wenigstens schält sie einen Apfel. Ich vertiefe mich einmal mehr in die Karten und suche nach der Alternative, die uns aufmuntern könnte.

Während wir den zweiten Apfel essen, nähert sich langsam ein Wohnmobil und hält aufdringlich nah bei uns, guckt uns mit der Schnauze von der Seite an. Berliner Kennzeichen.

Kann man sowas verstehen? (Ich habe direkt aufgehört zu kauen.)

Eine Frau, etwas älter als wir, steigt aus und kommt

an mein offenes Fenster: Hallo. Ob wir vorhätten, länger an dieser Stelle zu bleiben.

Ich bin platt: Wir haben uns gerade erst hier hingestellt, im übrigen ist aber doch auch so viel Platz hier überall. Freie Auswahl!

Ja, ja. Sie wolle uns ja auch überhaupt nicht vertreiben, sie entschuldige sich, sie und ihr Mann suchten nur ein geeignetes Plätzchen für die Nacht. Und eben dieses, wo wir stünden, scheine ihnen am geschütztesten und sichersten. Und wir würden vermutlich nicht die Nacht hier im Auto verbringen wollen, oder.

Ach so! Nein, nein, sage ich und steige aus, aus Höflichkeit, weil man einer stehenden Dame gegenüber nicht sitzen bleibt. Kein Problem, wir fahren hier weg, wir sind uns nur noch nicht schlüssig. Das Hotel am Ort, das *Kopernik*, mache keinen so überzeugenden Eindruck.

Ihr Mann lässt sich sehen, lächelt breit, stellt sich vor: Stuhlträger, aber das könnten wir uns sowieso nicht merken. Er lädt uns ein zu einem Gläschen, er habe noch ein Fläschchen Rotwein offen. Oder. Manöverschluck würden er und seine Segelfreunde das nennen, wenn man das Boot schon festgemacht habe.

Sie sind aus Berlin? Wir sind aus…

Nein, aus Berlin sei nur das Wohnmobil. Aus der Schweiz kämen sie, seien bis Berlin geflogen.

Aus der Schweiz? Entschuldigung, aber das hört man ja gar nicht.

Ja, nun. Er sei eigentlich aus Düsseldorf und seine Frau aus Magdeburg. Aber seit, er wisse nicht wieviel Jahren, lebten sie in der Schweiz, oder.

Ah, an dem *Oder* hätte ich es jetzt gerade gemerkt, sage ich.

Was gemerkt?

Na, dass Sie aus der Schweiz kommen!

Das halbe Fläschchen ist schnell niedergemacht, und um eine Gegeneinladung aussprechen zu können, schlage ich so kurzentschlossen, dass Lilo nur groß gucken kann, vor, nachher gemeinsam im *Kopernik* einen Wodka zu trinken. So schlimm werde es dort schon nicht sein, und Wodka hätte meiner Frau und mir bisher auf der Reise nicht geschadet.

Im *Kopernik* spricht eine junge Empfangsdame prima deutsch, ist lieb und sagt, dass man uns schon erwartet habe, und ich denke daran zurück, wie ich vor vier Tagen von zu Hause aus hier angerufen, uns für heute Abend angemeldet und mir vorgestellt hatte, dass ich nun mit Frauenburg am Frischen Haff telefoniere und wie traumhaft es da wohl sein mag. Und nun finde ich, dass das alles schon sehr lange her ist.

Aus einer endlosen langen Reihe von Zimmern gibt man uns eines mittendrin, und wir fragen uns, wie viele Gäste hier wohl noch sind. Hinten auf dem Hof stehen außer unserem Auto jedenfalls nur noch ein Fiat und ein Lieferwagen.

Das Zimmer ist eng, aber mit Fernseher und Telefon, Dusche und WC ausgestattet.

Naja, sagt Lilo nach eingehender Prüfung, es ginge sogar.

Als ich die Gardine zuziehen will, fällt sie zur Hälfte herunter.

Stuhlträgers sitzen bereits am Tisch, als wir uns einfinden, bekommen schon Bigos vor sich hingestellt. Sie liebten landestypisches Essen, oder. Ob wir einmal kosten wollten.

Lilo probiert, ich schnuppere nur, aber beide bestellen wir lieber *Sandacz*, Zander. Hier am Haff! – Und schon mal für alle eine Runde Wodka!

So, so, aus Baden-Baden. Was uns denn auf die Idee gebracht habe, nach hier oben zu fahren? Bestimmt familiäre Wurzeln, die es aufzuspüren gelte?

Nein, das nicht. Das alte Peußenland im allgemeinen, sage ich, und diese ganz besonderen Formen der Küste hätten mich angelockt. Und meine Frau, die passe auf mich auf.

Sehr gut! lacht Frau Stuhlträger, und ja, sagt ihr Mann, das hier in Polen, das habe schon so etwas, und er als Segler halte ja sowieso immer Ausschau nach schönen Revieren, oder.

Wir halten die Wodkagläser hoch, Lilo sagt pani sdrrowjä (mit gerolltem Err), die Stuhlträgers freuen sich über so viel Polnisch, und alle stimmen wir ein: Pani sdrrrowjä!

Es bleibt an diesem Abend nicht bei der einen Runde, auch nicht bei zweien, und am Ende muss die arme Bedienung mehrere Lichter ausknipsen, damit wir merken, dass es nun genug sei.

Viel zu früh weckt uns ein Glöcklein mit sechs Schlägen. Die Helligkeit tut weh, so bei abgestürzter Gardine, aber es scheint wieder ein schöner Tag zu werden, und vom Bett aus, wenn wir die Köpfe ein wenig heben, können wir sogar den Dom des alten Kopernikus sehen mit seinem eigenartig kleinen Glockentürmchen auf der Mitte des Daches.

Und kaum zu glauben, bald erklingt von dort oben herunter ein solch anhaltend zauberhaft betörendes Geläut, dass wir übereinkommen, es sei gut gewesen, zu bleiben.

Beim Frühstück sind wir die einzigen. Es gibt kein Büffet, aber dafür baut eine sichtbar gut genährte Mamsell zu Brot und Brötchen Honig, Marmelade, Käse, Wurst, Fischsalat in solch üppigen Portionen vor uns auf, dass Lilo oh, oh, dsiänkujän, dsiänkujän sagt, worauf die Mamsell pausbäckig strahlt und noch eine Familienschüssel mit Rührei bringt. Gutt, gutt! behauptet sie, ja-jätschnjiza gutt!, mir dabei auf eine Art zuzwinkernd, die mich unzweideutig auffordert, etwa verausgabte Manneskraft durch Einverleibung des Schüsselinhalts zu meiner Begleiterin Zufriedenheit wieder voll und ganz herzustellen.

Im Domgarten steht eine Eiche.

Die polnische Führerin, die durch helle Socken in ihren Sandalen auffällt, nennt Kopernikus mit Rücksicht auf die von ihr eingefangene kleine deutsche Besuchergruppe einen ganz *grrossen, saggen wirr mall, interrnationallen Astrronomen*. Und diese Eiche hier habe schon zu seinen Lebzeiten da gestanden, denn ein Blitz aus noch früheren Jahren sei verbürgt, der in sie gefahren sei, sie verletzt, aber nicht gefällt habe. Da, dort, in der Rinde, wir sollten schauen, seien die Narben bis zum heutigen Tag erkennbar.

Im Domesinnern lässt uns die Führerin auf lateinisch beschriftete Grabplatten zu unseren Füßen niederblicken. Leider wisse man nicht mehr, wo wirklich der berühmte Domherr seine letzte Ruhe gefunden habe. Aber ein Lottokönig sei zu betrachten, will sie nur nebenbei erwähnen, aus barocker Zeit, der hier diesen Seitenaltar (wir heben die Köpfe) habe stiften und sich gleich selber im Kreise frommer Männer mit abbilden lassen.

Plastisch hervortretend der lebensgroße Kopf, die Haut rosig, die Miene seines Gesichtes jugendlich frohgemut, blickt uns der Lottokönig wie leibhaftig von höherer Warte aus blauen Augen unverwandt an.

Verrückterweise entdecke ich eine gewisse Ähnlichkeit zu einem Menschen neben mir, der, als ich ihn flüsternd darauf anspreche, ob es sich vielleicht zufällig um einen Vorfahr von ihm handele, verneint, und sich als russischer Reiseleiter jener beiden deutschen Rucksackträger mittleren Alters zu erkennen gibt, die mir draußen als wortkarg und hier drinnen als teilnahmslos aufgefallen waren und denen er das russische Gebiet und noch mehr zeige.

Apropos Kaliningrader Gebiet, frage ich leise, brauche man dafür nicht ein Visum, das mindestens sechs Wochen vorher zu beantragen sei?

Von Elbing aus, sagt er (er sagt wirklich *Elbing* und

bekommt dafür von Lilo, die gelauscht hat und ja weiß, wie wohl mir solch ein Wort tut, einen besonderen Augenaufschlag), gebe es Fahrten mit einem Tragflügelboot über die Grenze nach Königsberg (und da sagt er auch wirklich noch *Königsberg*! und wird auch prompt abermals belohnt), und dafür würden sogar Tagesvisa ausgestellt.

Interessant, sage ich und frage ihn noch, ob er vielleicht Russlanddeutscher sei, weil er so gut deutsch spreche. (Weil er so ein deutsches Gesicht habe, hätte ich beinahe gesagt.) Nein, sagt er, er sei ein richtiger Russe aus Königsberg.

Unsere Gruppe hat Zulauf bekommen, und als unsere Domführerin den Neuen zuliebe zum zweiten Mal bei der Eiche ansetzt, stehlen Lilo und ich uns (schlechten Gewissens) davon, in Richtung Turm.

Dort im Innern kommt das Foucault-Pendel für jenes französische Experiment, das die Erddrehung nachweisen will, aus schauriger Höhe herunter, bleibt mit seiner Kegelspitze schwebend und zeigend knapp über dem Steinboden und beherrscht mit seiner Zeitlupe die geräumige Mitte des quadratischen Turmgrundrisses.

Um das Pendel herum steigen wir auf. Weltraumgemälde polnischer Künstler an den Wänden. Jupitermonde, die Ringe des Saturn, der Orionnebel. Rote Riesen, blaue Zwerge, schwarze Löcher.

Auf Türmen bin ich nicht schwindelfrei. Komm! Da wirst du staunen! ruft Lilo nach rückwärts, während ich mit weichen Knien noch die letzten Stufen nehme.

Etwas so Schönes habe sie noch nie in ihrem Leben gesehen!

Wir sind alleine hier oben. Es weht, aber die Morgensonne wärmt uns den Rücken.

Ja, und Lilo hat Recht. Ostpreußens Küste!

Ich halte mich fest. Aus dieser Überhöhung wird sie zur Wirklichkeit. Von Südwest nach Nordost dehnt sich die Wasserfläche des Frischen Haffs. Heute lebhaft bewegt, Wellen deutlich zu erkennen. Die Ufer weich.

Und gegenüber nun, gestern nur als Strich gezeichnet, ein auferstandenes Atlantis, dunkel, mit leuchtend hellen Stellen: die Frische Nehrung! Davor: ein einzelnes weißes Segel. Darüberhinaus: ein schmaler Streifen blaugraue Ostsee, und der Horizont.

Ich reibe mir die Augen, sagen mag ich jetzt noch nichts.

Frauenburgs Dächer weit unterhalb. Spielzeugkiste. Und tatsächlich eine Märklineisenbahn mit ganz kleinem Geräusch.

Neben uns zum Hochheben: der Backsteindom als großes Baukastenmodell mitten im Licht. Und immer dieses Rot. Und hinten eingefasst von Buchengrün.

Inzwischen haben noch zwei Personen heraufgefunden. Großvater und Enkel, oder Onkel und Neffe? Mit ausgestrecktem Arm wird gezeigt: übers Eis. Von da nach da, engste Stelle. Alle im Treck, Pferd und Wagen. Bloß weg, weg. Und die Tiefflieger.

Stuhlträgers erscheinen, schnaufen. Oh. So. Aha. Toll. Den Wodka hätten sie gut vertragen.

Zu viert umwandern wir die kirchturmartige Spitze und sehen uns nach allen Himmelsrichtungen lange um, bis Frau Stuhlträger irgendwann eine Straßenkarte ausbreitet. Sie glaubt, herausgehört zu haben, dass ich mich mit der Gegend näher beschäftigt hätte. Ob ich nicht einmal das frühere Preußen hier einskizzieren könne, nur so ungefähr. Sie führen sonst da durch und wüssten es nicht. Oder.

Ich fühle mich geschmeichelt, sage, ich könne es versuchen (dabei habe ich ja nie auf eine schönere Gelegenheit gewartet). Und als nicht Bleistift noch Kugelschreiber zur Hand sind, entrollt Lilo ihren Lippenstift, und da mich beide Stuhlträgers heftig ermuntern, setze ich dort an, wo die Nogat in das Zalev Wislany mündet und mir südwärts Halt gibt, fahre gegen den Strom der Wisla bis auf die halbe Strecke zwischen Kwidzyn und Grudziadz, ziehe unbeeindruckt von all den polnischen Bezeichnungen, sozusagen schlafwandlerisch, nach Osten hinüber, um nicht weit von Ilawa das Ufer der Drweca mitzunehmen, schlage hinter Nidzica einen Haken, komme mit zwei flachen Wellen an Wielbark und Biala vorbei, umkurve weitläufig Ełk, und indem ich Lilos Schminkutensil schließlich östlich von Olecko weich hochschwingen lasse, kriegen Warmia und das gesamte Pojezierze Mazurskie ein dickes Bussi aus Lippenrouge verpasst, während der Norden leider ungeküsst bleiben muss, weil beim Oblast Kaliningradskaja der Kartenrand erreicht ist.

Oh, doch so groß sei es gewesen? fragt Frau Stuhlträger.

Der Maßstab der Karte sei daran Schuld, sage ich.

Wohl eine dreiviertel Stunde bleiben wir oben, dann haben wir, so gut es geht, alles in uns und die Kamera aufgenommen.

Beim Hinuntersteigen kommt uns unsere Gruppe entgegen. Ganz langsam drückt die polnische Führerin Lilo ihren Zeigefinger auf den Bauch: Wo waarrt ihr? fragt sie im Ton einer gestrengen Studienrätin, die nachmittags zwei Schüler trifft, die morgens geschwänzt hatten. Bekannte hätten wir getroffen, entschuldigt uns Lilo.

Bee-kannte? – So? – Bee-kannte? argwöhnt sie, und ihr Blick ist so strafend, dass ich froh bin, ihr in Lilos Rücken zu entkommen.

Draußen haben junge Leute ein Fernrohr aufgebaut, das in den Himmel schaut. Eine Studentin aus Krakau erklärt uns, wie sie hier Sonnenflecken sichtbar machen, und sie zeigt uns welche.

Kopernikus!

Was, wenn man einen Brief schickte

Die Tragflügelidee scheitert natürlich an der schlichten Erkenntnis, dass an diesem Nachmittag mindestens zwei selbstgebackene Kuchen in Dietrichswalde auf uns warten. Dietrichswalde, wo Frau Frankenberg wohnt, liegt bei Allenstein, *Olsztyn*.

Wir haben den Stuhlträgers adieu gewunken. Bei seinen Herrenturns auf dem Neuenburger See, rief er noch, sei immer eine Koje frei. Und die Sache mit dem Manöverschluck sei doch wirklich eine gute Tradition. Oder!

Sogar eine regelrechte Tankstelle besitzt Frauenburg, brachten wir in Erfahrung, und mit der höchstmöglichen Oktanzahl hat der Chef alles aufgefüllt. Als ich nach dem Öl geschaut habe, das noch gut war, hat er sich neben mich unter die offene Kühlerhaube gestellt, Mundwinkel gemacht, langsam mit dem Kopf genickt und mir anerkennend zugezwinkert. Ich bin mir vorgekommen wie Graf Koks und habe ihm einen Hundertmarkschein hingehalten. Herausbekommen habe ich nichts, aber zu Hause ist das Tanken teurer.

Guantanamera.

Wir fahren nach Süden. Mit jedem Knick tut sich eine neue Allee auf, schließt sich ein anderes Blätterdach. Alt, wild, verwunschen. Mal kommt uns ein einzelner Fiat entgegen, mal bullert ein Traktor aus

Kolchoszeiten, und wir drücken uns nah an die Bäume. Aber nochso dunkle Nummernschilder haben ihren Schrecken fast ganz verloren.

Auf drei, vier, fünf Kilometern zu beiden Seiten manchmal nur Disteln, so weit das Auge reicht, bis zu den Waldrändern. Absicht oder Natur?

Eine Brücke. Darunter eine Straße mit Mittelstreifen. Eine Kopfsteinauffahrt. Alles winzig, der reinste Minigolfplatz, leider gesperrt. Aber ich bin mir plötzlich ganz sicher: die alte Reichsautobahn zwischen Elbing und Königsberg. Von den Seiten her ist sie halb zugewachsen, Dornröschenschlaf, im Nordosten verschwindet sie.

Vor *Stegny* ist die Schranke unten. Eine Bahnwärterin in blauer Uniform steht bereit. Sie trägt Hosen, und auf dem Kopf ein Schiffchen. Stolz wirkt sie und unnahbar.

Stegny, guck doch mal bitte, wie das mal hieß.

Vor uns wartet ein Mercedes älterer Baureihe mit…? – mit russischem Kennzeichen. Noch nie gesehen. Rechts zwei Sachen übereinander. Eine Ziffer, darunter RUS. Der Fahrer schaut in den Rückspiegel. Er dreht sich um und grüßt mit der Hand. Es ist unser richtiger Russe aus Königsberg! Seine beiden Deutschen zeigen ihre Gesichter und nicken zurückhaltend.

Wie die so schnell hier sein konnten? Lange können die nicht auf dem Turm geblieben sein.

Ein verbeulter Triebwagen zuckelt vorbei, dann dreht die stolze Beamtin die Kurbel. Sie kann es. Ihr Rücken bleibt ganz gerade. Die Schranken gehen hoch.

Die Straße führt als staubige Baustelle durch das Dorf. Arbeiter und Kinder.

Noch keinen einzigen Storch habe sie gesehen, sagt Lilo. Nester schon, aber keinen Storch. Sei das nicht komisch?

Stimmt, ja, komisch. Aber guck doch mal bitte nach Stegny, und was dann noch so kommt.

Unser Russe fährt schnell. In *Paslek* biegt er rechts ab. Ich nicht. Paslek, wie hieß das mal? Der Russe ist abgebogen! sagt Lilo. Sie findet die alte Karte nicht. Ob wir nicht besser hinter ihm herfahren? Der kennt sich doch bestimmt aus.

Ach, wer weiß, was der seinen beiden Heinis zeigen will! Klar kommt man da irgendwann auf die 77 und über *Ostroda* – übrigens Osterode! – auch nach Allenstein, das weiß ich ja, aber eben leider mit einem riesigen Umweg. Wir nähmen deshalb jetzt eine schöne Abkürzung, abseits der ausgetretenen Pfade, mitten durchs Ermland und geradewegs nach Masuren hinein, beinahe Luftlinie auf Dietrichswalde zu. So richtig querfeldein, das mache auch nicht jeder. Die liebe Frau Frankenberg sei sicher schon ganz erwartungsvoll, backe bestimmt bereits ihren dritten Kuchen. Wie gespannt die wohl sei.

Sie sei auch mal gespannt, sagt Lilo.

Morag ist das nächstgrößere Städchen, an das wir uns halten müssen. Sicher wird es gleich angezeigt. Ich vermute mal halblinks ungefähr. Und guck mal bitte, wie das hieß.

Aber Morag wird in Paslek nicht angezeigt. Lilo fragt eine Frau. Dsiänj dobbri! Nach Morag bitte! – Morag!

Morag? – ah. Halblinks rückwärts weist sie uns ohne jedes Zögern.

Dsiänkujän, danke!

Das sei mal eine prompte Auskunft gewesen, sage ich, einen guten Eindruck habe diese Frau auf mich gemacht.

Bielica. Hast du Bielica?

Bielica? – Nein, Bielica hat Lilo nicht. Ob ich übrigens gemerkt hätte: wieder nicht ein einziger Storch. Nester schon, aber keine Störche.

Sag mal, die alte Karte, hast du die nun? Da kommt bereits der nächste Ort. *Burdajny.* Ist Burdajny denn drauf? Irgendwie hätte ich das Gefühl, sehr nach Osten versetzt zu werden.

Ja, dann kehr um! sagt Lilo. Burdajny könne sie auch nicht finden.

Das gibt's doch gar nicht, such doch bitte die Strecke Paslek – Morag mal ganz genau ab, ich muss mich jetzt hundertprozentig auf dich verlassen können!

Ja, aber da ist kein Burdajny, sagt Lilo, kehr halt um! Und dann fahren wir da, wo der nette Russe gefahren ist!

Auf freier Strecke halte ich an. Lass mal sehn! – Da Bielica! Und da Burdajny. Also doch! Aber total falsch sind wir ja! Hat die Madam uns doch eine völlig falsche Auskunft gegeben! Könne man sowas verstehen? Wie gut, dass mich mein Gefühl wenigstens nicht im Stich lasse. Und tat noch so sicher!

Also doch umkehren! sagt Lilo.

Nun mal ganz mit der Ruhe, nichts überstürzen. Wir führen jetzt einfach erstmal stur weiter bis da: – *Godkowo*. Von da gebe es, hier, sie solle mal schauen, eine prima Verbindung rechts ab nach Morag. Genaugenommen sei es gar nicht viel weiter. Vielleicht habe die Madam in Paslek es sogar so gemeint. Vielleicht sei die reguläre Strecke gesperrt. Es sei doch nett von ihr, dass sie uns nicht in die Falle habe tappen lassen wollen. Also, wir bewegten uns dann im Grunde, geometrisch betrachtet, über die beiden Katheden eines rechtwinkligen Dreiecks. Natürlich sei das rein theoretisch ein Stückchen länger als über die Hypothenuse, aber immer noch besser, als zwanzig Minuten her und zwanzig wieder zurück und dann womöglich noch in die Irre.

Wenn wir auf diese Weise noch zur Kaffeezeit bei Frau Frankenberg ankämen, sagt Lilo, sei ja alles in Ordnung.

Klar! Aber sag mal, dass du die alte Karte nirgends findest.

Ob *ich* da nicht zuletzt reingeguckt hätte, fragt sie. Brauchten wir die denn jetzt unbedingt?

Nein, das nicht, aber es wäre doch interessant, ich meine, die alten Namen und so, gerade, wo wir nun vorhätten, so richtig überland zu kutschieren.

Godkowo besitzt zwei Abfahrten nach rechts, aber keine Hinweisschilder.

Zwei Männer vom Gelände eines lieblosen Anwesens, ehemalige Staatsklitsche, Genossenschaft oder so, könnten vielleicht helfen. Wie sie ihre alten Ledertaschen halb offen baumeln lassen, sehen sie sehr nach Feierabend aus. Unsere Beifahrerscheibe geht herunter. Dsiänj dobbri, sagt Lilo. Nach Morag!

Der eine bequemt sich.

Nach Morag, proschän, bitte!

Der Mann versteht sie nicht. Lilo legt die Karte auf das heruntergelassene Fenster und drückt den Finger drauf: Morag!

Morag? fragt er, lässt seine Tasche ab, fasst nach der Karte und dreht sie im Kreis.

Ja, Morag! rufe ich an Lilo vorbei. Wohin?

Er mag sich nicht entscheiden, wie herum die Karte am besten zu halten sei. Ich gebe mir Mühe, so geduldig wie möglich zu wirken und deute mit ausgestrecktem Arm: Morag da? oder Morag da?

Er wendet seinen Kopf zwischen beiden Möglichkeiten hin und her, versucht, ein Rülpsen zu unterdrücken, was ihm nicht gelingt, dann fragt er den anderen hinter sich um Rat. Morag scheint schwierig zu sein, aber schließlich bekommen wir von zwei Armen die Lösung des Problems gezeigt: Morag!

Dsiänkujän, vielen Dank!

Grässlich nach Alkohol hätten die gerochen, sagt Lilo.

Dennoch haben sie uns den Weg in eine sehenswerte, knorrige Bilderbuchallee gewiesen, die uns nur leider bald für mein Gefühl wieder zu sehr nach Osten abdriften lässt. Ich weiß nicht so recht.

Ah, eine Radfahrerin. Ein Mütterchen, schwer beladen. Milchkanne, Eimer, Karton. Ich überhole, halte an, nicht ohne ihr ausreichend Bremsweg zu lassen. Mit dem freundlichsten Gesicht, das ich habe, stelle ich mich neben unser Auto. Und das Mütterchen versteht sogar Deutsch!

Morag? Morag nicht da. Morag zurück! Godkowo. Dann so und so, dann Morag! – (Als ob ich es nicht geahnt hätte.) Haben Sie vielen Dank. Und gute Weiterfahrt! Und aus Höflichkeit frage ich, ob sie denn noch einen weiten Weg vor sich habe, aber da bekommen wir Verständigungsprobleme: Weg nach Morag weit, Weg nach Morag nicht weit, sagt sie und hebt die Schultern.

Ich lächle sehr und sage dsiänkujän, wie ich es von Lilo gelernt habe.

In Godkowo stehen die beiden Männer noch an derselben Stelle und haben, wie die Kuppenheimer sagen würden, Affen in ihren Gesichtern – en Aff im G'sicht!

Godkowo, Gott so'n Kaff, sagt Lilo.

Wir biegen ab – diesmal ja wohl richtig. Die Straße ist schmal wie keine bisher und bietet eine unerschöpfliche Auswahl an Schlaglöchern. Zum Glück begegnet uns keiner. Kilometer um Kilometer stellt unser Wagen seine gute Federung unter Beweis, während eindrucksvolle Belege landschaftstypischer Vegetationsformen zu beiden Seiten auf- und niederwippend vorüberziehen, leider ohne dass Lilo erkennen ließe, auch nur das mindeste davon in Erfahrung bringen zu wollen. Dabei handelt es sich um Hasel, Birke, Espen. Ja, sogar Heidekraut auf kleinen Sanderflächen! Und in Mulden schlecht entwässerter Grundmoränen um nicht weniger als Niedermoore und Sümpfe! – Schade, sehr schade.

Ob ich mir sicher sei, dass wir so nach Morag kämen?

Doch, doch, sage ich, die grobe Richtung sei mit Sicherheit Südwest. Ab und zu sogar schon ein bisschen zu Südsüdwest tendierend, also noch günstiger, und ab Morag... Oh! Achtung! Federvieh mitten auf dem Weg. –

Eine armselige Kate, ein Schuppen. Schritt fahren, bloß kein Hühnchen unter die Reifen kriegen, das wäre ja furchtbar. Eine Ziege ist angebunden. Ein mittlerer Kläffer verbellt uns. Am Tisch neben der offenen Tür lässt man die Spielkarten sinken und stellt das Glas ab. Ich grüße durch vorsichtiges Kopfnicken. Die Kinder verharren angewurzelt mit offenen Mündern. Die Hühner tucken zur Seite. Gut, gut.

Hinter der Kurve ein zweites Gehöft. Storchennest auf dem Kamin (leer). Das Dach ist eingefallen und alles ist überwuchert. Die Fensterkreuze sind eingedrückt.

Wieder kein Storch, sagt Lilo.

Mir fällt ein, sage ich, warum wir keine sehen. Überleg doch mal: August. Ende August! Alle sind natürlich schon weg! Ab nach Süden! Längst unterwegs nach Afrika!

Na toll, sagt Lilo, und wir wollten heute lediglich zu Frau Frankenberg!

An einer winzigen Kreuzung, an der es keine Schilder gibt, fahren wir geradeaus. Und als sich das Sträßchen gabelt, nehmen wir das mit den weniger tiefen Schlaglöchern, obwohl mir die andere Richtung fast mehr zugesagt hätte. Wären wir bloß hinter dem Russen geblieben, sagt Lilo. Bestimmt wären wir schon längst da! Außerdem ärgere sie sich, wenn sie es sich mal genau überlege, dass wir überhaupt um diese Zeit gefahren seien. Ostpreußen ohne Störche! Sowas Doofes! Jetzt reisten wir einmal hierher, und dann seien die Störche weg. Gerade auf die hätte sie sich so besonders gefreut. Stattdessen bekäme sie hier Dinge zu sehen, die richtig unheimlich seien, und verfahren hätten wir uns ja nun wohl endgültig auch!

Jetzt sei nicht ungerecht, sage ich, seit Ferienbeginn war ich abfahrbereit, aber du weißt ja selbst... Auch deine Cateringaufträge. Und die kleine Maus nach Korsika, das hätten wir ja auf jeden Fall abwarten müssen. Dann noch Frau Sandhas für Mischka. Und übrigens die Sache mit den Pässen, wie gut, dass ich mich da noch mal erkundigt hatte, sonst wären wir womöglich schon bei Stettin gar nicht über die Grenze gekommen!...

Was vielleicht nicht das Schlechteste gewesen wäre! Und sie sage jetzt Frau Frankenberg Bescheid, dass es wohl heute leider nichts mehr werde.

Die nächste Gabelung in einer Senke, die sich (ohne Lilo unnötig zu belasten) durch Kiesablagerungen als kleine nacheiszeitliche Schmelzwasserrinne zu erkennen gibt, stellt uns gleich drei Möglichkeiten zur Auswahl. Natürlich wieder ohne jeglichen Hinweis.

Ich halte an und lasse mir die Karte geben. Och nee, sagt Lilo, auch das noch: kein Netz! Nicht das geringste! Es sei ja zum Verzweifeln!

So, Fischchen, sage ich. (Fischchen nennen wir uns gegenseitig, wenn es um etwas sehr Wichtiges geht; zum Beispiel um Leben und Tod oder besonders viel Glück.) Jetzt wolle ich ihr einmal etwas sagen: Wenn es hier nun also keine Schilder mehr gebe, auch niemanden, den man fragen könne – was ja sowieso, wie man erfahren habe, nicht viel bringe -, wenn obendrein die alte Karte nicht mehr auffindbar sei, dann würden wir uns also von nun an nur noch rein auf unseren Verstand verlassen: Der Tank sei noch so gut wie voll, die Sonne stehe am Himmel, und deshalb ließen wir jetzt Morag Morag sein und würden, wann immer es die Verhältnisse zuließen, stur nach Süden fahren. Auf diese Weise kämen wir, das könne gar nicht anders sein, auf die 16er, die von Osterode nach Allenstein führe und an der ja bekanntlich auch Frau Frankenbergs Dietrichswalde liege. So! Und sollten wir durch ungünstige Umstände nach Westen oder Osten abgedrängt werden, so träfen wir – dass mir das nicht früher eingefallen sei – unweigerlich auf zwei markante Auffanglinien, zum einen hier in Form der Europastraße 77, zum anderen da in Gestalt der 51er, die von Königsberg nach Allenstein liefe…

Aber Königsberg ist doch russisch! sagt Lilo, da will sie auf keinen Fall hin.

Obwohl dort, werfe ich ein, der nette richtige Russe zuhause ist?

Ja trotzdem. Polen und was ich noch so vorhätte, reiche ihr schon, auf keinen Fall auch noch Russland! Nein, nein, passiert ja auch nicht, beruhige ich sie. Hier, die Straßen bildeten, da könne sie es mal sehen, grob gesprochen, ein großes Rechteck, und wir seien mittendrin. Das heißt, eigentlich ginge ich davon aus, dass wir uns dem unteren Rand des Rechtecks bereits ein erhebliches Stück genähert hätten!

Lilo verschränkt ihre Arme, dreht mir ihr Gesicht zu und trifft mich mit genau jenem Blick, der einst die Ursache dafür war, dass ich sie zum Tanzen aufforderte. Also gut, Fischchen, sagt sie da, wenn du der Meinung bist, dass das so gut ist, dann machst du das jetzt so! – Und indem sie so spricht (und so guckt), bestätigt sie meine allgemeine Annahme, dass Frauen nichts *mehr* lieben als männliche Entschlossenheit. – Guantanamera!, noch mal die Spanische!

In der Folge geht es mal links, mal rechts, mal wieder links an Waldrändern entlang, mal durch dichte Waldstücke hindurch, mal über Kuppen mit einzelnen Bäumen und mal in Niederungen auf fragwürdigen Brücklein über träge Bachläufe. Alles intakt! sage ich, und günstig sei, dass man den morastigen Stellen wegen der anhaltenden Trockenheit im Großen und Ganzen bequem ausweichen könne.

Arme Frau Frankenberg, sagt Lilo.

Als es gerade wieder bergan, besser, moränenan, geht, rechts Fichtenbestand, links Wegbirken, rollt uns plötzlich ein kleiner Pulk Fahrradfahrer entgegen. Sie teilen sich ein, um sich an uns vorbeischlängeln zu können, und wir staunen nicht schlecht, weil sie auf Mountainbikes sitzen und aussehen wie zu Hause. Was sagst du nun? Die Zivilisation hat uns wieder!

Und nur einen Kilometer weiter treffen wir auf drei Spaziergängerinnen, und ich halte an. Sie sind so in unserem Alter und irgendwie großstädtisch gekleidet. Ich beuge mich rüber: Pscheprascham! Sprechen Sie deutsch?

Inklisch sprächen sie.

Auch gut. Excuse me, Myladies, can you tell us the way to (Morag lassen wir jetzt mal beiseite) Allenstein, Olsztyn?

Oh, sorry, sagen sie, we are not from here. Indeed, it's not easy to find the right way in Mazury, but if you go straight on, you'll reach a larger road with a sign-post.

O thank you very much!

You're welcome, sagen sie sogar, und als wir anfahren, auch noch: Have a nice journey!

Bald sehen wir einen Teich mit Schwänen, ein stattliches Haus. Aha, ein Hotel, eine Pension.

Ein Sanatorium! sagt Lilo.

Also, sage ich, waren das dann wahrscheinlich drei Warschauer Englischlehrerinnen mittleren Alters auf Kur?

Ja, sagt Lilo, auf *der* Kur, die sie nun nötig habe!

Als nächstes erreichen wir die größere Straße – und sehen nicht recht: *Morag* (Pfeil nach rechts). Die Richtung so ziemlich Nordwest. So, Morag, jetzt kannst du uns mal. – Ab nach links!

Mitten im lichten Nadelwald, durch den schon seit einer Weile das Wasser eines Sees schimmert, geschieht das Wunder:

G i e t r z w a ł d

(Auf einem Schild zwischen den Stämmen.) Beinahe so groß steht das da wie in den Bergen von Hollywood. Häuser noch nicht zu sehen. Wahrscheinlich erst die Gemarkungsgrenze. Urkomisch.

Gietrzwałd woj. Olstyn. So steht's immer im Absender auf Frau Frankenbergs Briefumschlägen. Gietrzwałd mit einem irgendwie polnischen Strich im *L.* Drinnen schreibt sie dann Dietrichswalde am Soundsovielten.

Vor Weihnachten liegen Krippenmotive bei. *Wesołych Swiat.* Josef meist ein alter Mann mit grauem Nikolausbart.

Zu Ostern kommen gelbe Küken zum Vorschein, die in Blumenkörben auf bemalten Eiern sitzen. Aber nie ein Hase.

Hinterm Wald das freundliche Dorf. Die Kirche mit spitzem Turm, erhöht, bedeutsam.

Wir sind gleich in der richtigen Straße. Das Häuschen liegt ein wenig nach unten versetzt, niedlich, die Backsteinwände mit Bauchansatz, Kletterrosen am Eingang.

Die alte Dame erscheint. Sie hat ihr schönstes Kleid angezogen, bestimmt!, dunkelblau mit weißen Tupfen.

Wie begrüßt man sich, wenn man sich nur aus Briefen kennt, von zwei, drei Fotos und einem kurzen Anruf? Hager ist sie und nicht klein. Bibliothekarin war sie, in Allenstein, jetzt ist sie in Rente. Vorsichtig angedeutete Umarmung. Schön, Sie gefunden zu haben! Ein schmuckes Häuschen haben Sie, und die Rosen!

Ob wir nicht mechten unser Auto besser ejnstellen?

Sie öffnet die Gartenpforten. Der kleine struppige Hund, der am Schuppen angebunden ist, wird verrückt. Er zerrt beängstigend, heult, knurrt und bellt gleichzeitig.

Wobbi! Bist gleich still! Na, was is? Still sollst sein!

Aber Wobbi wird erst still, als wir ins Haus gehen. Sein Knurren schickt er uns nach.

Obwohl die Haustür offen bleibt, fällt das Atmen schwer. Zu viel alte Feuchtigkeit. In den Ecken zur Decke hin wölben sich die Tapeten. Ein kleines Marienbild. Im Wohnzimmerschrank eine Anzahl Bücher. Das Fernsehgerät.

Nichts als ein Experiment war das damals gewesen, noch zu Zeiten des Eisernen Vorhangs und Kalten Krieges. *Das Ostpreußenblatt* hatte ich in die Hand gekriegt; einen Namen, eine Adresse.

Was, wenn man einen Brief schicken würde ins traurige Märchenland? –

Eine Antwort kam!

Zu Weihnachten schnürte Lilo Pakete: Kaffee, Kakao, Backpulver, Teigwaren, Schokolade. Blusen und Jeans, aus denen Martina herausgewachsen war, später auch von Kristina.

Penible Inhaltsverzeichnisse waren Vorschrift, umständliche Formulare musste sie ausfüllen, freche Gebühren wurden verlangt.

In den letzten Jahren steckte Lilo Geld ins Kuvert, das war einfacher.

Frau Frankenberg trägt drei verschiedene Kuchen auf. Ob wir nicht hätten mechten früher kommen?

Ach, ganz schlimm verfahren haben wir uns, sagt Lilo, es täte ihr so leid, aber ich hätte unbedingt eine Abkürzung nehmen wollen, schließlich hätten wir nicht mehr gewusst, wo wir uns befanden. Immer Morag gesucht und nicht gefunden…

Na, na, nein! sage ich, ganz so sei es ja nun nicht gewesen. Zweimal hätten wir eine falsche Auskunft erhalten, da sei es dann nicht ganz einfach gewesen, aber übrigens dächte ich nicht, dass das für Frau Frankenberg interessant sei.

Morag, sagt Frau Frankenberg, da ist sie als Schulkind einmal gewesen. Mohrungen hat das geheißen. Da haben sie mit ihrem Lehrer das Herder-Geburtshaus besucht.

Herder? sage ich, Mohrungen? Oh, ich Tor! Das wolle ich mir aber merken, das könne man ja ohne weiteres mal in den Deutschunterricht einfließen lassen!

Wir probieren vom Kuchen und rühren den Kaffee. Was mich wundere, sage ich, dass die Polen das Wort Wald einfach so hätten stehen lassen. Dietrichswalde – Gietrzwałd.

Noja, nich ganz, sagt Frau Frankenberg, das *L* habe doch so einen Strich, und das würde polnisch *ou* gesprochen: *woud. Gierswoud.*

Ach so sei das! – Ich nehme ein zweites Stück vom Erdbeerkuchen, der ganz vorzüglich schmeckt, obwohl die Beeren durch den Zuckerguss hindurch vermuten lassen, man habe sie noch vor der Weichselvereisung in überaus reifem Zustand eingeweckt.

Zwei junge Burschen melden sich auf Polnisch an der Tür und machen sich alsbald draußen hörbar zu schaffen.

Vom Weg ein paar Platten, die seien kaputt. Gute Buben seien das. Aus der Nachbarschaft. Würden ihr bei schweren Arbeiten helfen, seit ihr Mann nicht mehr lebe.

Frau Frankenberg schlägt ein Album auf, und wir sehen ihren Mann vor dem Haus auf einem kleinen grünen Gefährt sitzen, wie es auch bei uns die Freizeitbäuerle zur Bodenbearbeitung verwenden.

Zuerst immer fortgewollt habe ihr Mann. Raus nach Deutschland. Wie sie selbst auch. Aber die Mütter hätten nicht gewollt. Hätten bleiben wollen in der Heimat. Warten auf ihre Männer, die verschleppt worden waren nach Russland, aber nie zurückgekommen sind. Noja, und so sind wir geblieben. Die letzten seien hinausgefahren in den Siebzigern. Hätten unterschreiben müssen, dass sie verzichten auf ihre Häuser, Grund und Boden. Keine Ansprüche mehr hätten. Hereingekommen seien damals die Leute aus der Ukraine. Heute lebten in der ganzen Umgebung von Dietrichswalde außer ihr nur noch drei deutsche Familien.

Das Fernsehen habe sie. Alle unsere Programme könne sie empfangen. Das habe ihr Mann noch gemacht. Das sei sehr schön. Nach fünfundvierzig, sagt sie, iss schon schlimm gewesen. Erst die Russen, dann die Polen. Nicht mehr deutsch hätten sie sprechen dürfen. Alles habe sie darum verlernt. Ja, sogar mit ihrem Mann habe sie polnisch gesprochen. Aus Gewöhnung.

Jetzt sei alles besser, aber ihr Mann eben tot seit einem Jahr und sie bald alt. Und Mutter in der Stube nebenan. Neunzig Jahre. Könne nicht mehr aufstehen vom Bett. – Nein, uns zu ihr zu führen, hätte keinen Zweck. Seit einem Schlägel im letzten Winter erkenne sie niemanden, oft nicht einmal sie, die eigene Tochter.

Leicht sei es nicht, aber was könne sie machen, da sein müsse sie eben für Mutter, nur vielleicht einmal für zwei Stunden mit dem Bus nach Allenstein, etwas einkaufen.

Der Bruder, er käme schon auch mal vorbei aus Posen mit seiner Familie, aber selten. Dann wohne er im *Jelen*, im Hotel in Allenstein.

Ach, sagen wir, da haben wir uns auch angemeldet, ob es denn gut sei?

Na, es sollte wohl, sagt Frau Frankenberg, der Bruder sei zufrieden gewesen. Öfter nach Deutschland käme er. Drei Jahre lang habe er viele Bibliotheken besucht, um sein Buch schreiben zu können, das gefördert worden sei von der Bundesrepublik. *Polnische Wirtschaft* heiße es, habe ja einen deutschen Titel, aber sei ein polnisches Buch, das gegen die Vorurteile geschrieben sei. – Sie holt ihr Exemplar aus dem Schrank, und wir bestaunen es. – Er unterrichte ja an der Hochschule, ihr Bruder, und in der Universität von Breslau habe er Günter Grass einmal einen Preis überreichen dürfen.

Von alledem, sagen wir, habe sie uns ja noch nie etwas geschrieben!

Noja, sagt sie, man müsse nicht von allem schreiben.

Die polnischen Jungs rufen etwas durch die offene Tür und strecken neugierig ihre Köpfe in den Flur, Frau Frankenberg nickt und antwortet auf Polnisch. Die Jungs gehen.

Ich brauche frische Luft und frage, ob sie uns nicht den Garten zeigen wolle. Wir könnten doch dabei ein Schlückchen probieren, sie solle mal in die Tüte schauen, ein Fläschchen Wein sei auch darin.

Sie braucht eine Weile, bis sie den Korkenzieher und für jeden von uns ein passendes Glas hat. Dann führt sie uns um das Haus herum, wo ein Bänklein steht und ein wackliger Schemel. Wir stoßen darauf an, dass es wirklich einmal wahrgeworden ist. Frau Frankenberg nippt ganz vorsichtig.

Wobbi liegt jetzt friedlich an seiner Leine, knurrt auch nicht mehr.

Blumen- und Gemüsebeete. Obstbäume und Johannisbeersträucher.

Eine Insel. Weit, weit weg von allem.

Bis zum Flüsschen hinunter reiche das Grundstück, sagt Frau Frankenberg.

Ein junges Kätzchen. Es lässt sich greifen, schnurrt und will beißen. Wobbi jault. Mit dem Kätzchen auf dem Arm geht sie hin und beruhigt ihn. Lilo mit der Kamera.

Davon könne man auch einzelne Fotoabzüge machen, sage ich. Das sei ziemlich neu, digital nenne man das, und es funktioniere mit Hilfe eines Computers. Ich hätte es mir erst kürzlich beigebracht. Wir würden ihr welche schicken.

Frau Frankenberg lächelt. Da bedanke sie sich schon im Voraus herzlich.

Am Himmel hat sich etwas zusammengebraut. Es grummelt seit einer Weile. Nun fallen erste Tropfen. Zeit, aufzubrechen.

Frau Frankenberg drückt uns Einmachgläser mit Pfifferlingen und einen polnischen Pralinenkasten in die Hände.

O nein, das solle sie doch nicht! Wirklich nicht. Na, also vielen, vielen Dank! Achja, noch die große Plastiktüte. Alles zu klein geworden, vielleicht gebe es Verwendung für Kinder im Dorf.

Als wir losfahren, steht Frau Frankenberg am offenen Gartentor. Es plattert schon, aber die Sonne schafft es noch einmal flach mit gelbem Licht. Ein wässriger Regenbogen neben dem Kirchturm. Lilo braucht ein Taschentuch.

Auf der Landstraße nach Allenstein viel Verkehr. Wolkenbruch. Die Fahrzeuge pflügen die Wasserlachen und dippen in die vollgelaufenen Löcher am Straßenrand. Dunkelheit. Zwischendurch zuckt es grell und knallt bis ins Wageninnere durch. Genau über uns!

Bestimmt ist ihr schönes Kleid ganz nass geworden, sagt Lilo.

Nikolaiken

Am nächsten Vormittag ist der Himmel wieder blank. Masurische Seenplatte. Aber von Seen bisher nicht viel zu sehen. Nur einmal hinter *Mragowo*, Sensburg, blinkt etwas zwischen den braunen Stämmen eines Forstes auf. Blauschwarze Spiegelfläche. Sogar ein weißes Wasserflugzeug hängt schräg am Ufer, nah bei der Straße. Eigentlich will ich anhalten, aber hinter uns wird furchtbar gedrängelt.

Wo die Strecke aus dem Wald hinausführt, saugt die Sonne. Zarte Dunstschleier heben von den Wiesen ab.

Das *Jelen* ist soweit in Ordnung gewesen. Wiener Schnitzel, Pommes Frites, Salat. Schorle, später noch ein Wodka.

Zu einer Gesellschaft in einem Saal im Obergeschoss hatten wir uns vorsichtig lugend begeben. Musik und vor der offenen Tür in Tracht auf ihren Auftritt wartende junge Leute hatten uns neugierig gemacht, als wir schon auf dem Gang zum Zimmer waren. Aus dem Hintergrund genossen wir die Darbietungen, und ich muss zugeben, dass da eine Tänzerin war, deren Anblick mich fesselte und mich bewog, geschwind die Kamera zu holen, um nach Hause mitzunehmen, was mitzunehmen möglich war. Zuzugeben sei auch, dass ich, alle technischen Möglichkeiten nutzend, jene Tänzerin so nah ich konnte, zu mir heranzog, was bei einer späteren Vorführung im Familienkreis wohl noch einer Erklärung bedürfen würde.

Während wir noch rätselten, um was für eine Art Fest es sich wohl handelte, ergriff jemand das Wort in deutscher Sprache und uns wurde schnell klar, dass die folkloristischen Darbietungen einer deutschen Reisegruppe galten. Mit *Land der dunklen Wälder* und dem *Ännchen von Tharau* ließ man den Abend dann auch ausklingen.

Während Lilo duschte, prüfte ich schon einmal, bereits im Bett liegend, die Qualität der letzten Videoaufnahmen und fand sie trotz des zeitweilig benutzten starken Zooms erfreulich zitterfrei.

Schlecht geschlafen habe sie, sagte Lilo beim Frühstück, die ganze Nacht hindurch sei im Nachbarzimmer ein Kommen und Gehen gewesen, als ob einem gewissen Gewerbe nachgegangen worden sei.

Oh, das tut mir leid für dich, tröstete ich, davon habe ich Gott sei Dank nichts mitbekommen, die Lieder des Abends und auch die tänzerischen Darbietungen (So, so!) ... hätten mir angenehme Träume beschert.

Im Hotel-Shop kauften wir Bernsteinschmuck für die ganze Familie (außer für mich), und nachdem der Hoteldiener die am Vorabend bei klatschendem Regen zur Sicherheit unseres Wagens aufgerichtete Panzersperre wieder abgesenkt hatte, mit einem gehörigen Trinkgeld bedacht worden war und mir beim Herunterklappen der Sonnenblende die alte Karte auf den Schoß gesegelt war, konnten wir starten.

Na sowas! frohlockte Lilo, gib mal her! Und als wir den Hotelbereich verließen: Godkovo – Göttchendorf hatte das übrigens mal geheißen.

Und ich: Das meinte ich ja gestern, mit den alten Namen wäre manches leichter gegangen. Göttchendorf, überleg mal, Soundsostadt, Dingsbumsburg. Rein gefühlsmäßig eben!

Mitten in Allenstein fiel uns ein Wegweiser ins Auge: *Kaliningrad 110 km.* So hatten wir das noch nie gehabt, und weit war es im Grunde auch nicht. Aber das würde einer anderen Reise vorbehalten sein. Vielleicht der nächsten. Für dieses Mal würden wir es – im wahren Sinne des Wortes – links liegenlassen.

Wo das Talter Gewässer sich mit dem Nikolaiker See verbindet, steht unterhalb einer Brücke wirklich noch jener legendäre *Stinthengst*, ein Hecht, König aller Fische, der den Fischern bei Schonung versprach, ihnen allerlei Wünsche zu erfüllen, weshalb sie ihn in einer Art Käfig im Wasser gefangen hielten. Er ist viel bunter, als ich dachte, allerdings kenne ich ihn auch nur von einer alten Schwarzweißaufnahme. Vielleicht ist es inzwischen ja auch ein polnischer? Ein Krönchen hat er auf, und als Paddler an ihm vorbeiziehen, nickt er.

In Nikolaiken winken einem die Leute, den Wagen für ein paar Zloty in ihrem Hof abzustellen. Die Männer sitzen dann auf den Eingangsstufen ihrer Häuser und stieren auf das Auto. Die Kinder umhüpfen es, müssen aber Abstand halten.

Wir schlendern am Seeufer entlang. Unzählige Segelboote an den Stegen. Gemütliche Geschäftigkeit auf den

Decks, auch Schläfrigkeit in der Sonne. Das Klingeln von Drähten an den Masten nur da und dort zu hören, und nur leise. Der schwache Wind gerade ausreichend, um die Boote draußen vor der gegenüberliegenden Waldkulisse in Bewegung zu halten.

Zu unserer Linken einfache Bars mit Salat- und Fischangeboten, eine kleine Werft, zwei, drei Bootsschuppen, ein Eis- und Getränkeverkauf.

Im Weitergehen lutschen wir ein Macao, das aber anders heißt.

Schmale Gärten reichen mit rostigen Zäunen oder morschen Latten heran, lassen aber genug Platz für unseren Weg. Die Häuschen stehen leicht erhöht im Hintergrund, blicken aus Vorkriegsfenstern herunter. Vereinzelt ein Anbau, noch unverputzt.

Das Handy meldet sich: Schwager Thomas. Wo wir inzwischen steckten. Nikolaiken? Wo das sei. Bei ihnen heute leider mieses Wetter, nichts mit Ellenbogen. Hannelore und die kleine Lena machten sich noch fertig. Nach Westerland werde man mal reinfahren und später vielleicht noch nach List hoch, zu Gosch. Leider seien die Aussichten nicht viel besser, er habe sich eben die Wetterkarte angeschaut. *Wir* dürften allerdings, soweit er das habe sehen können, noch von dem Hoch über Osteuropa profitieren.

Welches Hoch verantwortlich ist, sage ich, weiß ich nicht, aber die Sonne scheint, es gibt einen See, wir lutschen Eis, und eine sanfte Brise bläht blütenweiße Segel.

Ob das wahr sei?

Es *ist* wahr, sage ich, und warum er nicht seine Familie packe und einfach herüberkomme?

Das ginge ja nicht. –

Also was uns betrifft, wir hätten vor, morgen Abend in Memel zu sein. Dort könnten wir uns treffen und dann gemeinsam auf der Kurischen Nehrung baden gehen. Ich sei mir ziemlich sicher, dass der Strand dort jenem am Ellenbogen in nichts nachstehe. Von Kiel aus gibt es eine Fähre! – (Einen Moment lang ist es still.) Ja. – Aber. – Nee, geht nicht. Würde zu knapp. Am Montag habe er schon wieder einen Flug. Jewgeni nach Sotschi bringen. Wir sollten es gut machen, auf uns aufpassen und uns von der Nehrung mal melden!

Ich soll dich grüßen.

Danke, sagt Lilo, während sie mit ihrer Nase in einer Wolke aus rosaroten Blüten wühlt, die einen der alten Schuppen halb zudecken.

Wicken liebe sie besonders.

Wie bitte?

Wicken!

Achso.

Eines der kleinen Blümchen birgt sie behutsam zwischen den Lagen eines Tempotaschentuchs.

Zur Erinnerung!

Später trägt uns die ›Mikołaiki‹ gemächlich übers Wasser. Wieder mit dem Strich im *L*, versuch das mal zu sprechen. *Miko-ou-aiki* sage ich, und wir lachen uns schief.

Schraubengebrabbel. Polnisches Rot-Weiß. Möwen. Auf dem Oberdeck Leute mit Kindern, leere Bänke, ein deutsches Ehepaar, das sich schon am Kartenschalter zu erkennen gab. Als ein Wolkenschatten verschwindet, drücke ich dem Mann meine Kamera in die Hand, wir lehnen uns zurück. Die Frau sagt, dass sie nicht gewusst hätten, wohin, und deshalb mal nach Polen gefahren seien. In Hongkong hätten sie auch so eine Spazierfahrt gemacht. Die Kulisse überwältigend, ob wir schon dort gewesen seien. Sollten wir unbedingt mal. Wirklich beeindruckend.

Segelboote werden so nahe vorbeigetragen, dass ich unwillkürlich die Hand heben will, aber beim Seglervolk scheint die ›Mikołaiki‹ zur Gewohnheit geworden zu sein, denn keiner schaut mehr hoch. Aber alle sagen sie *ja* zu unserer zahmen Bugwelle.

Wo sich der Nikolaiker See mit dem Spirdingsee verbindet, gibt es eine Engstelle. Das Westufer ist baumbestanden, dunkel jetzt und schattig. Das Ostufer liegt in der Sonne. Viel Schilf, mit nassen Stengeln sperrig in der Aufgeregtheit kurzer Wellen, oben seine Wedel dem Luftzug beugend. Schiff und Boote schleichen, wollen sich nicht berühren. Riu, sagt die Frau, ob wir das kennen?

Lilo sagt, wir haben einmal in einem Riu-Hotel gewohnt. Die Frau lacht. Nein, das meine sie nicht. Sie merke schon, wir hätten sie nicht richtig verstanden. Riu meine sie, Riu di Janeiru. Sie kenne das aber schon, die meisten glaubten immer, es würde Rio, Rio de Janeiro heißen, in Wirklichkeit aber…

Oh, oh, oh, dort, ruft Lilo, ein richtiger Storch!

(Aber leider ist es nur ein Reiher.)

Die ›Mikołaiki‹ nimmt uns mit auf die weite Wasserfläche, wo sich die Segel verlieren. Sehr fern gegenüber liegen Ufer in Grüntönen. Ein Türmlein spitzt winzig unter einer Übermacht aus Himmel und weißen Wolken. Wenn man so wolle, sagt die Frau, kämen sie mehr oder weniger gerade aus der Karibik. Kreuzfahrt, an Riu angehängt. Jeden Tag ne andre Insel. Guadeluhp und wie die alle hießen. Die Schwarzen ja so freundlich, liebenswerte Menschen. Nur die Kinder, das Betteln eben. Geben dürfe man da natürlich nichts, o wei, bloß nicht, die würde man nicht mehr los. Aber sonst auch ganz traumhaft.

Sie reisen wohl viel, sagt Lilo.

Oh ja, sagt die Frau, seit sie jetzt sozusagen immer Urlaub hätten.

Lebenslänglich! sagt der Mann.

Der Spirdingsee hier, sage ich, um auch etwas beizutragen, ist ja übrigens Polens größter See. Und früher ist er nach dem Bodensee und der Müritz einmal der drittgrößte See Deutschlands gewesen.

Ja, sagt er da, das hätten wir alles dem Österreicher zu verdanken.

Die ›Mikołaiki‹ dreht und bügelt glatt, was vorher gekräuselt war. Die Möwen kehren mit um. Für die Rückfahrt hole ich vom Unterdeck Aalbrötchen und Bier. Das bringt die beiden Weltenbummler auf die Idee, sich für den Abend in der Ferienwohnung einzudecken, und dafür brauchen sie erfreulich lange.

Schmeckt richtig gut, sagt Lilo. – Ob das alles mit drauf ist? Sie deutet mit dem Kinn auf die Kamera.

Ich fürchte ja, das Mikrofon war eingeschaltet; eigentlich wegen der Möwen.

Sie verdreht die Augen. Schade, doof.

An der Engstelle überholen wir ein kleines Motorboot, das sich mit gleich zwei Holzhütten hintereinander abmüht. Die leeren Benzinfässer mit ihren taumeligen Gewichten obenauf leisten trägen Widerstand.

Hotel Restauracja Mazur. Frisches Weiß und rotes Dach. Vorbau mit Säulen, ein Türmchen. Am Giebel die Zahl 1888.

Auf dem Hotelparkplatz spricht uns der Fahrer eines Oldenburger Reisebusses auf unser Kennzeichen an. Ich bin von Sandweier, sagt er (richtige Badener sagen immer *von* statt *aus*) und stellt sich vor. Sein Vater sei im Vorstand von drei Sondwiermer Vereinen, von dem hätten wir bestimmt schon gehört!

Bestimmt! sagen wir, wohl nur nicht so bewusst, weil wir ja aus Haueneberstein sind. Aber so ein Witz, sich hier zu treffen, gell! (Mit *gell* gelingt es mir meist, einen süddeutschen Argwohn gegenüber meiner holsteinischen Sprachherkunft gar nicht erst aufkommen zu lassen, so auch jetzt.)

Ja, Eberschde! freut er sich. Gut, Klasse! Ob wir hier Urlaub machten?

Mehr eine Rundreise. Morgen wollen wir in Memel sein, *Klaipeda…*

Ah, Klaipeda, ja, ja, das hat er schon ein paar Mal gemacht. Ob wir einen Feuerlöscher hätten. Den Tipp wolle er uns geben. Die Litauer guckten immer nach den Feuerlöschern. Doch, an einem Tag sei das gut zu schaffen, an der Grenze werde zügig abgefertigt, da könne er nichts sagen. Aber wie gesagt, wenn wir noch keinen hätten, die letzten Tankstellen vor der Grenze hätten für solche Zwecke immer noch einen da.

Ob er das Hotel *Mindaugas* kennt.

Jaja, großer Kaschte, leicht zu finde, genau im Zentrum. Also dann! Er fährt morgen zurück, nach Oldenburg. Hat ältere Herrschaften aus Norddeutschland herkutschiert. In die alte Heimat. So isch des halt. Aber e schöne Gegend do, gell? – Allah, machet's gut. Un e Gruß ans Ländle, gell, wenna wieder daheim sin!

An der Rezeption empfängt uns die schönste Frau Polens in fast akzentfreiem Deutsch. Nein, in Deutschland ist sie nie gewesen. Von den Gästen hat sie es gelernt, und von ihrem Chef, der sei Deutscher. Alle im Hof geparkten Wagen hat sie auf dem Monitor. Das elektrische Tor bedient sie per Knopfdruck (kirschrote Fingernägel). Sie möchte unsere Pässe sehen und behält sie bei sich. (Von mir aus. Soll sie sich doch die ganze Nacht hindurch mein Foto betrachten!)

Vom Zimmer treten wir wie Staatsgäste auf die überdachte Balkonflucht des altehrwürdigen Gebäudes und haben den zentralen Platz Nikolaikens vor uns.

Gepflegte Grünanlage mit einem Brunnen und Bänken. Junge Männer, die Zeit haben. Mopeds übers Kopfsteinpflaster. Läden mit verblassten Namen; aber die Filiale der *Bank Gdanski* in herrlichem Gelb, Kaisergölb! würden Schwager Thomas und ich bei solcher Gelegenheit wieder üben.

Lilo: 'n Feuerlöscher, sowas haben wir nicht, oder?

In keinem Reiseführer stünde was davon, sage ich, ich würde es morgen darauf ankommen lassen! Und sie sagt, sie versteht nicht, dass ausgerechnet immer in den besseren Hotels die Betten getrennt stehen, hier sogar hintereinander! Was steigen denn da für Leute ab?

Enthaltsame! sage ich.

Da packt sie mich am offenen Polokragen, zieht mich mit sanfter Unwiderstehlichkeit auf das erstbeste der beiden Betten, das gleich hinter der Balkontür steht und sagt, das wolle sie jetzt aber mal ganz genau wissen.

Zum Abendessen bestelle ich mutig ein polnisches Nationalgericht: *Flaczki Wolowe*, Pansensuppe. Obwohl Lilo weiß, dass ich ein großer Suppenesser bin, hat sie mich gewarnt. Und tatsächlich, als Flaczki Wolowe kommt, pralle ich schon vom Dranriechen zurück. Nach nur einem einzigen Löffel ist absolut Schluss. Auch Lilo kann nicht helfen.

Bitte zwei Wodka, mir einen doppelten!

Auf unserem Verdauungsspaziergang Richtung Kirche mehrere Bernsteinläden, viel mehr Auswahl als heute Morgen im Hotel, und alle noch geöffnet. Zu voreilig gewesen. Dafür kriege ich in einem topmodernen TV-Video- Shop sogar Digitalkassetten. Hier im fernen Masuren! Wer hätte das gedacht? Jedenfalls brauche ich nun nicht so maßzuhalten.

Nemunas – die Memel

Enttäuschung beim Bezahlen der Hotelrechnung: Die Schönste der Schönen ist nicht mehr da. Ohne den besonderen Augenaufschlag, den ich erwartet hatte, werden uns die Pässe zurückgegeben. Proschän. – Dsiänkujän. Aber den Hotelprospekt stecke ich wenigstens noch ein, da ist sie nämlich drin.

Bei Okartowo führt die Straße eine Anhöhe hinauf und keine Bäume verstellen die Sicht. Blick zurück über den großen Spirdingsee, der seinen kleinen Finger nach hier ausstreckt. Blauer Himmel, blaues Wasser und nach Südwesten ist kein Ende abzusehen.

Und wie angenehm, die alte Karte wieder zur Hand zu haben. *Okartowo* hieß Eckersberg. Als wir am Arys-See vorüberfahren, lässt der die Sonne glitzern und gehört ganz alleine zwei Buben auf einem Steg mit ihren beiden Angeln. (Dagegen die armen Kinder bei uns: alles nur noch per Bildschirm, und alle tragen sie bald eine Brille.)

Im Wald zwischen Wiersbinnen und Klaussen hat Lilo etwas entdeckt.

Halten und rückwärts. Kein Auto sonst. Wir steigen aus.

Ein kleiner Friedhof. Alt, aber nicht verwahrlost. Das schmiedeeiserne Tor lässt sich öffnen.

Es sind Soldatengräber aus dem Ersten Weltkrieg, Deutsche und Russen. Wir entziffern:

Freund und Feind
im Tod vereint

Still stehen wir da. Geräusche des Waldes. Sonnenstrahlen, die durchs Laub auf die moosbewachsenen Grabsteine fallen.

Dann doch ein Auto. Militär. Es fährt vorbei. Aber wir gehen zurück zum Wagen, es ist ein bisschen unheimlich.

Lyck heißt jetzt *Ełk*, mit polnischem Strich, demnach also wohl *Eouk*.

In Lyck ist Siegfried Lenz geboren, »…einer Kleinstadt zwischen zwei Seen, von der die Lycker behaupteten, sie sei die Perle Masurens…«. Solche Diktattexte lasse ich nicht aus. Schon gar nicht seine Lesebuchgeschichten, die der Südwestfunk (mit Lenz als Erzählendem!) in Szene setzen ließ: »…Es war, Nachbar, ein guter Markttag. Nur, weißt du, warum wir ejchentlich dem Frosch jejessen haben?« Wie von selbst stellt sich da immer irgendwann die Frage nach der geografischen Zuordnung, und ganz beiläufig schicke ich die Kartenholer los.

Ełk ist quirlig und laut. Glücklicherweise führt eine schmale Brücke zu einer schlanken Insel, die den See teilt. Das Brückengeländer und die Laternen sind aus dem kantigen Eisen der dreißiger Jahre, nichts Verspieltes, nur zum Überdauern der Zeiten.

Hier ist es ruhig. Unter uns ein Angler. Auf dem Wasser ganze zwei Segel.

Das lärmende Städtchen verdeckt und gedämpft vom dichten Grün der Bäume entlang der weitläufigen Uferpromenade.

Aber die Kirche. Auf dem höchsten Punkt steht sie und zeigt uns ihren wuchtigen Turm mit den Zinnen eines hanseatischen Rathauses.

Ob er einmal wieder hier war, der Siegfried Lenz?

Nicht weit hinter Lyck hörte das alte Preußen auf. Werden wir es merken, irgendwie?

Wir fahren und merken nichts. Es hatte ja keinen Grenzfluss, auch keinen Wall gegeben. Und Schlagbäume nebst schwarzweißroten Wachhäuschen mögen längst als Brennholz klamme Stuben gewärmt haben.

Und doch. Was fällt dir auf?

Was soll mir auffallen?

Na, die Dörfer! Kein roter Backstein mehr. Stattdessen auf einmal so viel Holz.

Stimmt.

In Augustow fügen wir uns in den Schwerlastverkehr ein, der von Warschau ins Baltikum rollt. Hinkende, völlig überladene, von Planen und Gurten zusammengehaltene Stinker, die Schlagseite haben, immerzu etwas zu verlieren drohen, schwarzbraunen Dieselruß herausbrüllen und den Hintermann (also uns) mit Giftwolken zudecken.

Und gleich eine Baustelle, die kein Ende nehmen will. Auf der Gegenfahrbahn Blaulicht, jede Menge

Polizei. Eines der Gespanne ist seitlich weggerutscht, hat alles zum Stehen gebracht.

In Suwalki tanke ich und lasse unsere letzten Zlotyscheine bei zwei Herren, die durch grobmaschige, nikotingelbe Gardinen die Zapfsäulen im Blickfeld haben, aber augenblicklich mehr von dem Monitor eines urtümlichen Rechners gefesselt zu sein scheinen und sich gestört fühlen. Eigentlich sollte ich die restlichen Münzen auch noch loswerden, aber ich entdecke beim besten Willen nichts, was sich zu kaufen lohnte. (Auch keine Feuerlöscher.)

Nach Litauen? frage ich. Marijampole? Dort?

Der eine schaut kurz auf und nickt wortlos. Immerhin. Dsiänkujän.

Dass hier so gar nichts los ist. Hoffentlich ist mit dem Benzin alles in Ordnung.

Nachdem wir die Republik Polen erfolgreich von West nach Ost durchquert haben, werde ich an der Grenze mutig und fahre auf der zweiten leeren Pkw-Spur an einer Handvoll Autos langsam rechts vorbei bis nach vorne.

Erst übersieht er uns ein Wohnmobil und fünf Autos lang, der junge Zöllner, dann schickt er uns trotz meiner zweisprachig (allerdings nicht polnisch) erläuterten Logik wortlos nach hinten. Das habe sie sich gleich gedacht, sagt Lilo.

Ich weiß, ich hätte *dich* auf ihn loslassen sollen. Du auf Männer, ich auf Frauen, aber er stand ja so blöd auf meiner Seite.

Inzwischen sind wir Nummer dreizehn oder so.

Die zweite Station ist schon litauisch, gelb-grün-rot, und kostet Geld. Man nimmt gerne Deutschmark.

Hinter mir am Schalter ein junger unrasierter Mensch. 18er-BMW-Fahrer, Kölner Nummer. Rasthaushaare, Klojeans und das T-shirt voller Erlebnisflecken. Die sind okay hier, sagt er, er komme öfters hier durch.

Geschäftlich? frage ich.

Ja, Geschäfte ließen sich hier ganz gut machen.

Die Damen hinter der Kasse entlassen mich mit einem handgeschriebenen Zettelchen, auf dem mein Autokennzeichen steht, und an der dritten Station werden die Wagenpapiere einer ausgiebigen Betrachtung unterzogen und mit dem verglichen, was sich unter der Motorhaube an Zahlen- und Buchstabenkombinationen verbirgt. Schließlich könnten wir unseren Wagen gestohlen haben, man weiß ja nie.

Im Kofferraum erheischen unser Sprudelkasten und Frau Frankenbergs eingeweckte Pilze eine gewisse Aufmerksamkeit, dann gibt es die Papiere zurück.

Von Feuerlöschern übrigens kein Wort!

Die vierte Station erlebt, wie ich die Sache mit der freien Pkw-Spur bei den Litauern ausprobiere.

Würd ich nicht machen, sagt Lilo. Aber das Schild *Nothing to declare* gibt mir Zuversicht. Haben wir vielleicht was? Na siehst du, aber alle andern vielleicht!

Als sich nichts tut und ich an die geschlossene Schalterscheibe gehe, werde ich von niemandem wahrgenommen. Drinnen ist es eine Ansammlung von Uniformträgern, aber nur einer scheint zu arbeiten.

Ich klopfe zurückhaltend, und als das nicht hilft, beherzter, und da man endlich erstaunt herschaut, halte ich Pässe und Fahrzeugschein in die Höhe und lächle so gut ich kann. Einer beschreibt mit seinem Arm einen Halbkreis, der auf das Ende einer Schlange am gegenüberliegenden Schalter weist.

Ich rufe: Nothing to declare!, worauf nun auf einmal gleich zwei mit dem Halbkreis kommen.

Die Schlange, die ich dann vor mir habe, besteht in der Hauptsache aus massigen Kerlen, Haudegen, verwegenen Burschen, die zweifellos jenen stinkenden Ungetümen entstiegen sind, die noch bis Sankt Petersburg durchhalten müssen. Jeder von denen hat seinen Packen fleckiger Frachtpapiere bei sich, und ich hake Memel für heute schon mal ab und bereite mich in Gedanken auf eine nächtliche Hotelsuche in – bestenfalls – Kaunas vor. Ärgerlich auch, dass ich hier in kurzer Hose und dünnem Hemd herumstehe, unter Dach im Schatten und es zieht fürchterlich. Geradezu eine Lachnummer, meine Gänsehaut zwischen all den Vierschrötern, die von hinten nachwachsen. Der BMW-Fahrer ist schon gleich dran, nickt mir kumpelhaft zu. (Landsleute fern der Heimat.)

Wäre nicht schlecht gewesen, rufe ich halblaut, wenn die den zweiten Schalter da noch geöffnet hätten.

Schon okay, gibt er zurück, die sind schon okay hier. (Also doch kein Verbündeter.)

Ich gebe aber zu, dass es schneller geht, als ich dachte. Anscheinend haben die meisten hier ein Heimspiel und werden ruckzuck durchgestempelt.

Als ich dann an der Reihe bin, reichen ihnen meine sämtlichen Papiere nicht.

Paper.

Wie?

Paper!

Wie, was?

Small paper!

What do you mean?

Einer mischt sich ein: Zettel.

Entschuldigung, ich verstehe nicht, was Sie meinen. What do you mean?

Zettel!

Ja bin ich denn blöd, was ist bloß los? (Die Brummifahrer werden unruhig.)

Nummerra! Namberr of carr! Paper!

Achsoo!! Ich fasse mir an den Kopf. Aber wo? In der kurzen Hose? Natürlich nicht. One moment please! (Zum Auto.)

Der Zettel! Die wollen den blöden Zettel von vorhin!

Nirgends ist er. Weg ist er! So ein Käse, so'n Quatsch! Erst geben die mir diesen komischen Fresszettel und sagen nicht, wozu, dann woll'n sie ihn plötzlich wieder zurück und machen ein riesen Tamtam! Und der dusselige 18er- BMW-Typ sagt noch okay zu allem!

Da! – Lilo hat ihn.

Nochmal anstellen? Nein, nicht noch mal. Excuse me! Pardong! Entschuldigung! Von der Seite strecke ich das Dokument ins Schalterinnere. – Und siehe da, alles wird gut: Unsere Papiere wandern wieder heraus.

Danke sehr, thank you, auf Wiedersehen!

Im warmen Wagen betrachten wir die Stempel in den Pässen: *Lietuva.*

Immerhin, hast du gemerkt, den Wagen konnten wir auf der Spur lassen, exklusiv für uns reserviert! So falsch kann das also gar nicht gewesen sein. Und von wegen Feuerlöscher übrigens. Blödsinn. Für Busfahrer vielleicht, aber doch nicht für uns!

Nun noch Geld tauschen. – Ah, die Wechselstube nicht weit im warmen Sonnenschein und alles frei.

Mit weiblichen Wesen komme ich gut zurecht. Das junge Mädchen dort bringe ich dazu, mir sogar den Rest meiner polnischen Münzen zu tauschen, obwohl sie es nicht darf und weder Deutsch noch Englisch versteht. Ich lasse ihr ein großzügiges Trinkgeld. (Sodass ich bei genauerer Betrachtung wahrscheinlich auch auf die Tauscherei hätte verzichten können, aber was soll's?)

Litas, sage ich zu Lilo. Ich weiß, sagt sie, und 90 auf Landstraßen, 110 auf Autobahnen, und wer seinen Führerschein noch keine zwei Jahre besitzt, darf nie schneller als 70 fahren.

Das finde ich nun aber mal vernünftig, sage ich.

Also Litauen. Zur Ouvertüre aus ›Figaros Hochzeit‹ gleiten wir auf dem wunderbar glatten Asphalt einer kilometerlangen Ausbaustrecke über sanfte grüne Hügel. Hindernisse in Form schwerfälliger Lastzüge gibt es, zumindest für den Augenblick, nicht mehr.

Von den Kuppen aus sieht man weit ins Land. Waldlos ist es, nur lichte Baumgruppen, Birken, Fichten, so vereinzelt wie die kleinen grauen Holzgehöfte.

Irgendwo Pferd und Wagen, ein Mensch in gebückter Haltung.

Lilo genießt, hat ihre linke Hand auf meinem rechten Bein, und ihr Kopf liegt nicht weit von meiner Schulter. Und Fischchen, sagt sie, sind das alles Jungmoränen?

Ich bin baff wie schon lange nicht mehr: Ja!! Woher weißt du das?

Och, antwortet sie, sowas weiß man doch, gehen doch immer so rauf und runter. Sind doch die aus der Eiszeit.

Ja genau! Und hab ich dir eigentlich schon erzählt, dass es auch Altmoränen gibt, weil es nämlich nicht nur eine einzige, sondern nachweisbar mindestens vier Eiszeiten gegeben hat, vermutlich aber sogar noch erheblich mehr?

Nö, sagt sie. Unser Auto ist zu groß.

Wieso *das* denn? frage ich.

Früher im Käfer, bedauert sie, habe sie viel besser an mich rankommen können.

Zum Glück, sage ich, sind wir ja nicht mehr auf ein Auto angewiesen, sondern steigen in den besten Hotels ab, aber um noch mal auf die Sache mit den Eiszeiten, übrigens auch Glazialzeiten genannt, zurückzukommen: Im Alpenvorland zum Beispiel, da werden die nach den kleinen Flüsschen benannt, bis zu denen die Gletscherzungen vorgestoßen sind, da heißen sie Günz, Mindel, Riß und Würm, und hier in *dieser* Gegend… – nanu? – …, in *dieser* Gegend…, hier in *dieser*… – hoppla! – … (Weiter komme ich nicht, denn Lilo hat ihrem kleinen Finger erlaubt, einen Vorstoß unter mein kurzes Hosenbein zu wagen.)

… In *dieser* Gegend?, setzt sie meine Ausführungen fort, in *dieser* Gegend? Na?? Was ist denn da nun??

Da scheint ihr gerade eine neue Warmzeit platzgreifen zu wollen! Und sie lacht: Würm! Sowas Komisches! Ich könne ihr ja viel erzählen, alles glaube sie mir nun doch nicht.

Ich sage, ich bin kitzelig, so kann ich nicht Autofahren!

Das sieht sie ein, aber erst müsse ich ihr hoch und heilig versprechen, es in Zukunft bei *einer* Eiszeit zu belassen, nämlich bei *der*, die sie schon kenne. Dann erübrigten sich ja auch alle weiteren Erklärungen, und sie wolle betonen, dass sie sich für so etwas wie *Alt*moränen gerade jetzt im Augenblick und überhaupt noch viel zu jung fühle!

Ich verspreche es, und Lilo bringt ihren vorwitzigen kleinen Finger wieder zur Räson. Dann drückt sie Mozart plötzlich weg: Wenn Kristina uns nun anrufen will, kriegt sie uns hier überhaupt? Klar, sage ich, guck mal, ob du ein Netz hast. –

Ein Netz hat sie. Aber es sei doch eigentlich nicht zu fassen mit der Maus. Sich einfach nicht zu melden.

Ach, wer weiß, sage ich, wie schwierig das da ist mit Münzen oder mit der Karte.

Trotzdem! sagt Lilo, macht Frau Frankenbergs Schachtel auf und füttert uns mit schokoladeüberzogenen Geleefrüchten. Die habe sie jetzt nötig.

Sagenhaft schmecken die und machen durstig. Und dafür haben wir sauren Sprudel.

In Marijampole hat sich alles wieder eingefunden und wühlt sich durch die arme Stadt. Viele Häuser sind nur aus Holz, schnitzverziert die Giebelleisten, transsibirische Eisenbahn. Manche Fassaden noch mit einer Ahnung von Blau. (Links ab ginge es plötzlich noch einmal nach Königsberg.)

Vor Kaunas sind wir am östlichsten Punkt unserer Reise. Eine breite Schotterpiste, wohl eine im Bau befindliche Umgehung zur Autobahn, auf der sich alle peinlich genau an die vorgeschriebenen 40 halten und von den eigenen Staubfahnen seitlich überholt werden, führt uns im Bogen an die westlichen Ränder der Stadt und über eine große Brücke: *Nemunas* steht da. – Die Memel! Dass es die wirklich gibt!

Von der Maas bis an die Memel.

Nicht mehr weit weg ist man hier von Münchhausens Lügengeschichten, dem Kirchturm, an den er das Pferd angebunden hat, weil der Schnee so hoch lag.

Aber nicht ablenken lassen jetzt. Nicht die Autobahn steuern wir an, sondern die Landstraße 141, die dem Lauf der Memel und ihrem rechten Mündungsarm, der Ruß, folgt und uns bis in die Stadt Klaipeda führen soll, die früher Memel hieß und mal die nördlichste Stadt Deutschlands war.

Lilo hat sie, die 141, und Kaunas, kaum berührt, bleibt gleich wieder hinter uns.

Wir fahren nach Westen. (Endlich wieder, irgendwie Erleichterung.) Die Straße ist gut, und der Baltikumverkehr rollt woanders.

Eine Ortschaft ist zu erwähnen. Vilkija. Eine Wucht aus Obstbäumen. Oase im Nachmittagslicht, Garten Eden. Die Holzhäuschen mit mehr Farbe, Blumenwunder vor den Fenstern. Am Straßenrand Körbe voller Äpfel. Geduldige Leutchen sitzen auf Küchenstühlen.

Warum halten wir nicht?

Weil der Vorrat an Geleefrüchten noch reicht.

Weil die Sonne schon von links vorne kommt.

Weil es im *Mindaugas* ganz sicher ein tolles Abendessen gibt.

Die Memel fließt träge mit. Immer mal wieder Stellen mit Sandstrand.

Womit vergleichbar? Mit unserem Oberrhein? Nein. Mit der Elbe bei Blankenese? Ja, aber längst nicht so breit. Und kein einziges Schiff. Und keine Kapitänshäuschen am Hang. Kaum mal ein Mensch. Einsamer Angler, klein am gegenüberliegenden Ufer, der Kahn im Schilf. Man fragt sich, woher?

Seit geraumer Zeit bewaldete Rücken zu beiden Seiten des Stroms, drüben in gehörigem Abstand. Einmal über uns eine weiße Anlage, die die Laubbäume überragt. Zwei vergoldete Turmspitzen. Lilo hält aus dem fahrenden Wagen drauf. Dazu wieder Mozart, und zufällig ein dunkler Wolkenbauch, der sich von der Sonne kitzeln lässt.

> *Will der Herr Gra-haf ein Tänz-chen nun*
> *wa-gen?*

Als das Land flach wird, entfernt sich die Straße vom Fluss und führt uns lange durch einen dichten Fichtenwald. Dann mit dem Licht und glänzenden Matten

(Schiller! Die Bürgschaft!) auch wieder menschliche Siedlung. *Smalininkai.*

Uralte Reetdächer, eingesunken unter hohen Eichen, eine kleine Brücke, ein Dorfteich, und siehe da: zwei stattliche Gebäude aus rotem Backstein. Kein Zweifel: Schule und Rathaus.

Wir sind wieder in Preußen!

Alte Männer sitzen vor einer offenen Tür und heben den Blick. Um ein schwarzes Moped herum ein paar Jugendliche. Sie drehen die Köpfe. Es wird geguckt und wie uns scheint, sich gewundert.

Auf der alten Karte findet Lilo Schmalleningken. Es folgen Wischwill, Motzischken, Willkischken, Lompönen.

Das Memelland: 1919 vom Deutschen Reich getrennt und unter Völkerbundsmandat gestellt; Frankreich übernimmt die Verwaltung. 1923 dringen litauische Freischärler ein; ein Jahr später erhält Litauen die Souveränität über das Gebiet. 1939 holt man es *heim ins Reich.* 1944/45 flüchtet die überwiegend deutsche Bevölkerung oder wird später vertrieben. 1948 wird das Memelgebiet Teil der litauischen Sowjetrepublik und verbleibt auch bei Litauen, als das Land 1990 wieder unabhängig wird.

Eine Querstraße. *Tilsu/Sowetsk 7 km*, links ab.

Tilsit! sage ich. Was meinst du, sollen wir? Nur mal gucken und wieder weg? – Aber Lilo hat Angst vor der russischen Grenze. Und wollten wir nicht noch im Hellen in Memel ankommen? – Recht hat sie. Und trotzdem eigentlich unverzeihlich. Käseesser, die wir sind!

Denk doch mal an deinen Käsemann! Was du dem dann berichten könntest! Der würde staunen!

Ach der! sagt sie, guckt ja sowieso immer bloß groß. Seit Jahr und Tag.

Aber bei Tilsit würde er noch größer gucken, und ihr hättet endlich mal einen Aufhänger für einen privaten käsethematischen Gedankenaustausch!

Will sie genaugenommen gar nicht, sagt sie, nimmt mich, während ich nach der Kamera lange, am Kopf und küsst mich ziemlich dick auf beide Backen.

Sieben Kilometer vor Tilsit und wirklich keinen Blick? – Dann eben nicht. Aber wenigstens das Schild aufnehmen, dass man so weit schon mal war.

Nach allen Karten sollte es geradeaus weitergehen, Kreuzung statt Querspange, aber geradeaus steht ein Gebäude. Wiedermal zu komisch. Dann halt notgedrungen nach rechts. Unbedingt auf *Silute* achten oder *Klaipeda*! Wir müssen gleich irgendwo nach Westen abbiegen!

Silute für Heydekrug! Auch komisch.

Und *Klaipeda* für Memel, noch komischer! Müsste doch, wenn schon, *Nemunas* heißen!

Ja guck dir das an! Erst gar kein Auto mehr, und dann ein Münchner! Jo, do schaukst her, mei, Mercedes! – Also gleich zwei Deutsche im Memelland! Und ich dachte schon, wir wären die einzigen, die nicht ganz bei Trost sind. Familie mit Kind. Was die wohl umtreibt? Fahren so langsam, warten wohl auch auf den Abknick. Jedenfalls müssen die auch noch nach Memel, das steht fest. Ich wüsste nicht, wo man hier sonst um diese Zeit noch hin könnte.

Beim Überholen Hupen und Gewinke.

Pass mal auf, die treffen wir nachher im *Mindaugas* wieder! Das werden noch unsere besten Freunde! (Sagen wir immer, seit wir nach unserem Häuslebau unsere Nachbarn von gegenüber zum ersten Mal hinter ihren Fenstern sahen, ich das sagte, und die es dann so ziemlich wurden.)

Will der Herr Gra-haf
ein Tänz-chen nun wa-gen?

Ist die Landschaft nicht traumhaft? Nimm ruhig noch was auf! Was meinst du, wie toll das später mal wirkt mit *der* Untermalung! Ich meine, hier kommt man ja wahrscheinlich wirklich so schnell nicht noch mal her. Nach Danzig vielleicht schon, wer weiß? Aber hier-her?

Mag er's mir sa-gen, ich spie-hil ihm auf!

Also dieses Grün jetzt! Der weite Blick! Und diese Sonne! Unvergleichlich! Schon so tief, aber noch ganz klar und hell! – Fischchen, du weißt ja, was das bedeu-tet: keine Luftfeuchtigkeit! So gut wie keine. Mensch, haben wir ein Glück! Auch mit dem Wetter!

Mag er's mir sa-ha-gen, ich spiel ihm auf, ja!
Ich spiel ihm auf, jah! Ich spiel ihm auf!

Hä, unser Wagen, guck mal nach rechts! Dick und hoch wie Titanic über wogende Wiesen! Aber – hast du schon gemerkt? Langsam zu weit vorne, unser Schatten. Das heißt ja, wir fahren nach Nordosten. Das behagt mir natürlich weniger. Nordosten ist nicht gut. Nordosten ist sogar schlecht. Kein Verlass auf die ganzen Schilder und Karten, einfach kein Verlass! Und der Münchner – auch nicht mehr im Rückspiegel! Weit und breit nicht mehr zu sehn! So langsam war der doch auch wieder nicht.

Und wir doch nicht so wahnsinnig schnell.

Eben! Haben wir jetzt etwa den Abknick verpasst? Kann ja nicht sein. Hast du was gesehen? Siehst du, hätten wir doch auf jeden Fall. – Umkehren? Nein, nein. Jetzt ganz in Ruhe die nächste Ortschaft abwarten, dann gucken wir mal.

Nach etlichen Kilometern: *Taurage*. Ein hölzernes Städtchen mit schiefen Lattenzäunen. Rechts ran, Blick auf die Karte: schöne Bescherung. So weit abgekommen, zu dumm. Richtig schon wieder drin in Litauen. Und dabei hätte ich das Memelland so gerne zu Ende gebracht. Durchs Memelland nach Memel! – Kannst du mir mal sagen, warum die uns so reingelegt haben?

Und wenn du doch umkehrst?

Dann hab ich die richtige Straße ja immer noch nicht! Mist, blöder! Und guck mal, die Sonne ist bald weg, *mir kriege die Nacht uff der Buckel*, was deiner Mama wohlweislich nie passiert wäre!

Ich find das jetzt nicht witzig, sagt Lilo.

Eben, du hast ja Recht, und dann im Dunkeln winzige Nebensträßchen suchen, nee! Ärgernis, großes Ärgernis! Und ausgesprochen schade. Aber jetzt fahren wir eben stur weiter, bis wir – hier – auf die Autobahn stoßen und dann, zack ab nach Memel. Halt auf die billige Tour, die wir natürlich bei Kaunas auch schon hätten haben können. – Wenn man sich dann vorstellt, dass so ein badischer Busfahrer alle naselang ganz locker durch diese Gegend brummt und wir uns hier so abquälen. Darf man ja niemandem erzählen. Überhaupt rauben einem solche Leute ja jedes Gefühl für Abenteuer.

Ihr sei es immernoch abenteuerlich genug, sagt Lilo.

Und ich sage: Deinem Papa müssen wir übrigens aus Memel unbedingt eine Ansichtskarte schicken.

Warum aus Memel?

Na, wegen seiner Geschichte. Dass er im *Engel* am Stammtisch sitzt und den einen, der noch nie da war, reden hört und ihm sagt, *Sie sin von Memel!* und der ganz platt ist. Und dein Vater war doch mit einem …

Ach, ja, ja, stimmt!

… in derselben Einheit gewesen,…

Ja, ja.

… der auch aus Memel war. Und deswegen wusste er doch noch ganz genau, wie die …

Ja, ich weiß wieder.

… wie die aus Memel reden.

Auf einem schnurgeraden, breiten Waldstück hinter Taurage passen wir eine Stelle ab, an der gerade mal keine Pilzsammler hervortreten und wechseln die Hosen. Kurz gegen lang, und frische Bluse, frisches Hemd. Wer weiß, wie vornehm das *Mindaugas* ist.

Und weißt du, was mir plötzlich einfällt: Taurage, das ist ja überhaupt *Tauroggen*! Preußen und Russland. Eine Verabredung, von der Napoleon nichts wissen durfte. Nochmal genau nachlesen zu Hause, oder guck mal, vielleicht steht was drin?

Tauroggen! Immerhin, da wäre man jetzt also auch schon mal gewesen, sozusagen. Tilsit nicht gesehen und das Memelland nicht geschafft, aber dafür Tauroggen. Besser als gar nichts. – Langsam kriege ich übrigens Hunger auf was Richtiges. Scholle in Speck, Memeler Art, wär das nicht was? Und morgen nach einem ausgiebigen Frühstück besuchen wir noch kurz das Ännchen von Tharau, das da immer noch auf seinem Brunnen vorm alten Theater stehen soll, und anschließend rüber auf die Nehrung!

Steht nichts drin.

Wo? – Ach so.

Als wir Memel erreichen, heben sich die fahlen Rechtecke der Wohnsilos von einem blauroten Westhimmel ab. Die Stadt hat weiße Lichter angeknipst.

Auf den Hinweisschildern des Kreisverkehrs, in den die Autobahn mündet, suchen wir nach dem Wort City, Cité' oder wenigstens etwas Ähnlichem. Wir fahren einige Male im Kreis. Vergebens. Nicht ein einziges Wort, das auch nur andeutungsweise eine Assoziation zuließe. Nur das Symbol für eine Fähre. Also dann eben die. – Nicht mal so verkehrt, denn die brauchen wir ja auch noch, und die Straße dorthin ist breit und neu. Und vom Hafen wird es ganz klar einen Weg in die Innenstadt geben, in der unübersehbar das *Mindaugas* seine Gäste erwartet.

Spärlicher Verkehr allerdings, und bald sind wir sogar ganz alleine auf der schönen Straße. Zu unserer Rechten hinter baumloser Gegend eine Trabantenstadt. Und dann ist plötzlich Schluss. Aus, dicht, gesperrt, Ende. Sag mal, begreifst du sowas?

Inzwischen ist es dunkel (haben wir die Nacht doch *uffem Buckel*).

Unter einer Laterne ein Mann mit seinem Hündchen. Scheibe runter, aber der versteht nichts. Rein gar nichts. (Entschuldigt sich auch nicht dafür!) Und wir merken jetzt, dass uns unser Baltikumführer bei Litauisch arg im Stich lässt. Hätte man sich doch mal genauer angucken sollen.

Weiter zurück zwei jüngere Frauen. Die eine schiebt eine Kinderkarre, die andere kann zum Glück Englisch und Deutsch! Yes und no, nein und ja. Deutsch sogar besser als Englisch, verrät sie uns. Sie will mit uns fahren, uns den Weg zeigen, ja, mhm. Wir werfen unsere Shorts, Hemd und Bluse auf die Ablage. Wir würden sie dann hier wieder absetzen!

Mhm!

Unterwegs will Lilo ihr die Wörter links und rechts beibringen, aber sie antwortet auf alles mit stimmhaftem Hmm-mhm-ja. Mit ihren Armen vorbei an unseren Schultern lenkt und dirigiert sie uns in die Stadt hinein, summend und singend: mhm, mhmh, hmhm ja, mhm, wie ich es als Kind einmal gehört habe, als die taubstumme Carla aus Eimsbüttel auf mich aufgepasst hat.

An einer Haltestelle in Sichtweite des *Mindaugas* will sie aussteigen, mhm.

Ja aber wir müssen Sie doch noch…?

Nein, nein, Bus ja, mhm!

(Aha, Bus heißt Bus.) Ich zücke einen Zehnlitasschein: Vielen, vielen herzlichen Dank und hier das Rückfahrgeld! Aber sie winkt beidhändig ab, zeigt mir ihre Busfahrkarte, mhm, ja! Der Bus kommt, und weg ist sie.

Hmm.

So eine goldige, hilfsbereite Person!

Schleichfahrt, das Hotel zu begutachten. Rechts wartende Taxis und dunkle Männergruppen, links der große Kasten. Hinter den Panoramascheiben wird schon gegessen, kein dolles Publikum. Ein Grandhotel ist es nicht.

Eine Handvoll Haffwasser

Von der Fähranlegestelle führt die Nehrungsstraße in wenigen Windungen hoch auf ein von der Natur festgehaltenes Dünengebiet, von wo es eine Aussicht auf das Kurische Haff gibt, das nach Süden hin immer breiter wird und sich im Gegenlicht verliert.

Keine Ufer, kein Land, keinen Himmel, keinen Strand hatte ich mir in Jahrzehnten so paradiesisch ausgemalt wie dieses Stück von der Welt, auf dem ich mich nun endlich befand. Diese schlanke Erscheinung zwischen dem großen Binnengewässer auf der einen und der offenen Ostsee auf der anderen Seite.

Eine irdische Jungfrau. Erschaffen aus Meer, Sand und Wind.

Die Kurische Nehrung.

Allein die Worte – welch ein Klang! Wie der Name einer so lange verheimlichten Freundin.

Jedes Foto hatte meine Vorstellungen übertroffen, jede Geschichte meine Fantasie beflügelt. Und in meiner jungen Zeit hatte ich im Archiv der Bildstelle einen alten Farbfilm entdeckt und Gründe gefunden, ihn meinen Schülern vorzuführen. Der zeigte braune Segel über wasserblauen Wellen sich vor einem Gebirge aus gelbem Sand bewegen. Und vor schwarzgrünen Kiefern erwachte aus einer wogenden Wind- und Sonnenwiese eine mohnrote Melodie, die ein Märchen daraus machte und fort und fort hätte klingen mögen.

Die Nehrung ist Naturschutzgebiet. Hinter der Mautstelle wird es einsam.

Ich fahre durch mein Traumland, aber unsere Stimmung ist darnieder. Sumpfdotter, Lianendschungel, Mangrovendickicht. Wir sitzen in einem Auto mit litauischem Kennzeichen. Die halbe Nacht haben wir auf der Polizeistation zugebracht, nur wenig und schlecht geschlafen und ungefrühstückt bis mittags Formalitäten erledigt.

Fünf Minuten, die wir unseren Wagen unbeaufsichtigt gelassen hatten, haben genügt, uns die letzten Tage dieser Reise schwer zu trüben.

Vor dem hell erleuchteten Eingangsbereich des *Mindaugas* hatte ich abgestellt. Der Hoteldiener, ein älterer Mann in einem schmuddeligen weinroten Dienstanzug, half uns mit den Koffern aufs Zimmer. Lilo rümpfte die Nase wegen des Bades.

Zu dritt wieder im Fahrstuhl, zeigte ich Lilo fragend halb verdeckt den Zehnlitasschein von zuvor, ob der hier wohl angebracht wäre im Vergleich zu der Hilfe, die uns die junge Frau hatte zuteil werden lassen. Doch ehe Lilo mit Kopfwiegen fertig war, hatte der alte Diener schon zugefasst. Also sowas! Die Tür des Fahrstuhls öffnete sich und er machte Bücklinge. Aber nun sollte er mir wenigstens noch zeigen, wo der bewachte Hotelparkplatz sei, doch als wir nach draußen kommen, ist unser Wagen nicht mehr da. Ich blicke mich um, versuche, mich zu besinnen: Hatte denn ein guter Hotelgeist ihn schon fürsorglich brav abgestellt, verriegelt, versiegelt und mit Panzersperren blockiert? – Aber *ich* hielt ja die Schlüssel in der Hand! – Verdammt, hatte ich denn nicht abgeschlossen?? – Doch, doch, hatte ich, hatte ich! Den Kofferraum noch extra! Verdammt nochmal, das gab es doch nicht! Das konnte doch nicht wirklich passieren! Nein! – Nein! Nein! Nein!!

Aber der Wagen war nirgends zu sehen. Verschwunden. Wie verschluckt. Wahrhaftig weg. Schlicht und einfach nicht mehr da!

Die Taxifahrer gegenüber völlig unbeteiligt. Mein Diener entsetzt, und ich dachte, er würde uns spontan die zehn Litas zurückgeben, tat er aber nicht.

Drinnen hinter der Rezeptionstheke sagte eine runde Frau *Jessusmaria*! und schlug Alarm.

Im Nullkommanichts Blaulicht und ein riesen Aufmarsch vor dem Haus. So – na, das wäre ja wohl gelacht!

Die Polizei mit kiloschweren Funkgeräten.
Noch ein Schreck: Das Geld? Die Papiere? Das Handy? – O, Gott sei Dank!!

Ein junges Mädchen, etwas heruntergekommen, das auf dem Sims des großen Hotelfensters gehockt hatte, trat zu mir: Was it your car? Sie habe two young guys beobachtet. Den einen davon kenne sie sogar und er sie auch und nun habe sie Angst. – Na sowas! Hier eine Augenzeugin!! – Nun aber los!!

Ich rechnete jede Minute damit, dass uns unser schönes Auto, wenn auch leicht lädiert, so doch inmitten eines triumphalen Korsos blinkender und hupender Streifenwagen wieder zugeführt würde und zwei räudige Burschen in Handschellen sich bei uns würden entschuldigen müssen. Aber die Zeit verging.

Als das Blaulicht erloschen war und die Szene sich beruhigt hatte, kümmmerte sich ein gut gekleideter schwäbischer Spanier um meine arme verzweifelte Lilo. Aus Bade-Bade? Ja so, des isch nett. Er sei aus Stuttgart, Schtuerget haha, er habe das hier mitbekommen, keine Sorgen solle sie sich – sollten wir uns – machen. Er würde jetzt mit der Polizei reden, habe Verbindung zu den höchsten Stellen hier im Land, sei ja jede Woche einmal da. Handele mit Holz, ganz groß verstehe sich, den Holzkönig würden sie ihn hier nennen. Morgen früh um neun solle sie – sollten wir – im Foye´ auf ihn warten. Er wolle beinahe wetten, dass er bis dahin wisse, was mit unserem Auto sei. Also gell, Köpfle hoch!

Schwager Thomas sagte *Scheiße*, als wir ihn am Handy hatten. Braucht ihr Geld? Wie können wir euch helfen?

Wir wurden eingeladen, mit auf das Polizeirevier zu kommen. Ein Protokoll müsse aufgesetzt werden.

Mitsamt der Augenzeugin nahmen wir hinten in einem dreckigen, fleckigen, speckigen, furchtbar nach Benzin stinkenden Zivilfahrzeug Platz. Vorne zwei Polizisten, die urplötzlich den Motor hochpeitschten und mit uns auf und davon jagten, als gelte es das nackte Leben. Ohne Sirene oder Blaulicht, lediglich die Hupe zu Hilfe nehmend, wurde der quirlige Innenstadtverkehr Klaipedas von der Straßenmitte aus zu den Seiten gedrückt. Wo das nicht glückte, begegnete man drohenden Frontalzusammenstößen mit beherztem

Hakenschlagen oder ruppigen Vollbremsungen. Mit einer Hand hielten Lilo und ich uns aneinander fest, mit der anderen stemmten wir uns nach vorne ab und wurden trotzdem gemeinsam mit unserer Zeugin wie Puppen hin- und hergeworfen. Mir schoss durch den Kopf, dass es mein Schicksal sein könnte, zu voreilig dem Drang nach dem Land meiner Träume nachgegeben zu haben, um schließlich so dicht vor dem Höhepunkt der Reise, ohne das eigentliche Paradies je geschaut zu haben, gemeinsam mit meiner bedauernswerten Lilo im Wrack einer litauischen Benzinschleuder ein viel zu plötzliches und noch dazu unrühmliches Ende finden zu müssen.

Unterdessen wurde mal links, mal rechts durch dunkle Seitenstraßen hinter imaginären Gangsterbanden hergeprescht, wobei uns das alte Kopfsteinpflaster, vielfach hochgewölbt und kantig im Scheinwerferlicht hervortretend, schlug und prügelte und gewaltige Sprünge machen ließ, bis wir abrupt unter einem Gitterfenster mit trübem Neonlicht zum Stehen kamen.

Policijos Komisariatas.

Drinnen traten wir auf ausgespuckte Pflaumenkerne, und das schwarze Telefon meiner Altonaer Großmutter stand auf dem Tisch. Über dieses verband mich der Kommissar, der aus dem Nebenraum durch eine Glasscheibe Sichtkontakt hielt, mit einer englisch sprechenden Dolmetscherin, die mir seine Fragen und ihm meine Antworten übermittelte. Ich wurde aufgefordert, eine Liste aller noch im Fahrzeug verbliebenen Gegenstände und dessen, was sie wert seien, aufzusetzen. Lilo half mir dabei, denn als erstes vermisste ich meine Lesebrille. Dann fielen uns außer dem neuen Handy-Ladegerät (49 Mark 90) und unserer Badetasche mit Lilos Gelbschwarzem sowie meinen Costa-Brava-Badeshorts, deren ideeller Wert nicht hoch genug einzuschätzen war, gaben sie mir doch eine Figur zurück, die ich bereits verloren geglaubt hatte, Frau Frankenbergs eingeweckte Pfifferlinge ein, die leider nicht ganz geleerte Schachtel mit den Geleefrüchten, die halbvolle Sprudelkiste und die Kühlbox mit der noch überhaupt nicht in Anspruch genommenen Notration badischen Bieres.

Wie mochten die fiesen Diebe vielleicht gerade in diesem Augenblick die Verschlüsse aufspringen und den erbeuteten Gerstensaft durch ihre Kehlen rinnen lassen, während gerechte Wut und das Gefühl eines sehr trockenen Halses von mir Besitz ergriffen.

Deine Mozart-CD und die schöne Spanische, sagte Lilo.

Das Neonlicht der einen Röhre zuckte unaufhörlich, die zweite Röhre hing aus der Halterung und schwieg. Eine dunkle Ahnung stieg in mir auf und wurde bald bittere Erkenntnis: Sag mal, die Kamera, hast du, … ich meine, die Kameratasche mit allem drum und dran, … haben wir die nicht, … ich meine, mit den ganzen Videokassetten und so, … die hast du doch, die haben wir doch … mit nach oben … ?

Dass da hinter einer vergitterten Tür zwei Beine angefangen hatten, im ausgelegten Stroh zu scharren, nahm ich nur halb wahr. Der Strand von Kolberg, Danzig, das Krantor. Die Marienburg. Frauenburg!

Die Stuhlträgers, Frau Frankenbergs Kätzchen, die Allensteiner Tänzerin, Nikolaiken, Lycks Kirchturm, die Memel mit ihren sandigen Stellen. Und als Krönung hatte noch folgen sollen: Die Kurische Nehrung.

Alles futsch und weg!

Schreien! Brüllen! Wüten! Toben! Mit Stühlen werfen!

Aber nur ohnmächtig saß ich da. Bestohlen, beklaut, beraubt. Belämmert.

Ach, ja, sämtliche Wagenschlüssel, die ich bei mir hätte, müsse ich abgeben. Die deutschen Versicherungen würden das neuerdings so verlangen.

Aus unseren Angaben ein Protokoll zu fertigen, zog sich bis nach Mitternacht hin. Der bedauernswerte Mensch, dessen Beine sich im Stroh bewegt hatten, war nach woanders abgeführt worden. Halme waren von seiner Hose abgefallen. Die Dolmetscherin am anderen Ende der Telefonleitung war längst zu Bett gegangen, ihre Funktion war spontan von unserer Tatzeugin übernommen worden, und weil wir nicht sagen konnten, ob unsere Schiffstickets für die Rückreise auch weg oder noch da seien, wurde bestimmt, dass wir nachzuschauen und am nächsten Tag wieder vorbeizukommen hätten, um das Protokoll auch in diesem Punkt vervollständigen zu lassen. Dann würde uns bei der Gelegenheit auch ein Dokument ausgehändigt werden, ohne das wir zu Hause den Diebstahl nicht würden belegen können.

Wir durften gehen.

Wie, gehen?

Die Zeugin bot sich an, uns zu Fuß zu begleiten. So twenty-five minutes, round about. – Nett, aber chauffiere man uns denn nicht, auf unsere Sicherheit bedacht, unter Polizeischutz zum Hotel zurück?

Das leider nicht, aber ein Taxi ließe sich rufen.

Die überstandene Höllenfahrt noch vor Augen, wurde ich trotzdem bockig. Man habe uns hierher verbracht, ein sicherer Rücktransport sei das, was wir erwarten dürften. Ich ließ mir den Namen des Kommissars buchstabieren. Nur, damit wir morgen wüssten, an wen wir uns zu wenden hätten.

Ulkigerweise half das.

Nach einer ausgeprochen friedlichen Rückfahrt, einer kleinen Anerkennung aus meinem Portemonnaie und dem gegenseitigen Austausch der Adressen mit unserer Tatzeugin für den Fall, dass sich etwas tue, gab eine Bar auf unserem Stockwerk noch warmes Essen aus. Ich aß, meine arme Lilo wollte nur zugucken.

Außer uns nur noch *ein* Gast, ein Deutscher, der sich eine Dame gekauft hatte und mittels einer holprigen Konversation versuchte, sie und sich auf das Später einzustimmen.

Der Bernsteinschmuck auch, sagte Lilo, sie hatte ihn ins Handschuhfach geschlossen. Wir betranken uns mit Bier, ihr reichte ein Glas.

Um sechs glotzte eine blöde Memelsonne in unser mieses Zimmer und verhieß uns sogleich einen sehr tristen Tag.

Bitte abreisen! sagte Lilo. Gleich die nächste Fähre nach Deutschland nehmen! Bloß schnell weg hier! Bitte! Bitte! –

Fischchen! Also erstens müssen wir noch einmal zur Polizei, und zweitens kann es doch wohl nicht wahr sein, dass wir uns von gemeinen Dieben vorschreiben lassen, wann unsere Reise zu Ende ist.

Lilo war sehr verzweifelt. Beim Frühstück nahm sie wieder keinen Bissen zu sich, und weil ich ein schlechtes Gewissen hatte, begnügte ich mich ebenfalls mit Hagebuttentee.

Martinels Plan lag auch im Handschuhfach, sagte sie, nicht mal das wisse man jetzt, wo sie hin muss, wieviele Legs sie hat. Und die kleine Maus wie verschollen! Alles so furchtbar!

Die große Maus können wir anrufen, wenn sie nicht in der Luft ist, wandt ich ein.

Eben nicht! sagte sie, willst du ihr vielleicht erklären, dass der Wagen weg ist und wir hier nun im Ostblock festsitzen?

Auch wenn Lilo übertrieb, hatte ich dazu jetzt auch keine Lust.

Lilos Gesicht hellte sich erst ein wenig wieder auf, als sie im Foyer den schwäbischen Spanier erblickte, und während sie sich von ihm darüber aufklären lassen wollte, was die höchsten Stellen des Landes in Sachen unseres Autos unternommen hätten, geriet ich auf der Suche nach einem Mietwagen am Hertz-Schalter an das sanfteste weibliche Wesen Litauens, das mir im süßesten Deutsch sein Mitgefühl zuteil werden ließ, obschon es, den Vorschriften gehorchend, darauf bestehen musste, dass es Fahrzeuge nur gegen Bargeld gebe.

Lilo und ich gingen über die alte Dangebrücke zur Bank.

Na, was spricht dein Holzkönig?

Wer spricht was? Wieso meiner? Unser Wagen ist noch nicht über der Grenze, möchte er wetten. Nur eine Frage der Zeit ist es, und wir haben ihn wieder! Er muss nach Finnland, geschäftlich, will sich aber weiter kümmern und mich, also uns, auf dem Laufenden halten. Er hat mir, ich meine uns, sogar seine Handynummer gegeben. Und ich ihm meine, äh, unsre.

Als wir das Geld hatten, hakte sich Lilo eng bei mir ein, überall nämlich benahmen sich Typen verdächtig, warteten nur auf eine Gelegenheit, denn es war uns vollkommen klar, dass der Zweck unseres Bankbesuches bei den Unholden Klaipedas in Windeseile die Runde gemacht hatte. Lediglich der helle Sonnenschein des Vormittags und die allgemeine Geschäftigkeit friedlicher Bürger ließen uns noch einmal heil davonkommen.

(Und übrigens natürlich kein Gedanke mehr an eine Ansichtskarte für den Opa.)

Wie sich bei Tageslicht zeigte, lag die Polizeiwache in einem Wohnviertel des älteren Memel, untergebracht in einem wohl ehemals bürgerlichen Mietsgebäude, so aus den Zwanzigern, Bauhausarchitektur.

Auf dem Schreibtisch, vor dem man uns in einem Raum im dritten Stock zwei dünne Stühle anbot, lag wie eine waidmännische Strecke, ordentlich an zugehörige Entwendungsprotokolle gebunden, ein gutes Dutzend Schlüssel der Marken BMW, Mercedes und Audi.

Eine junge Frau stocherte immer mal umständlich auf den Tasten einer hochbockigen Schreibmaschine herum, die ein kyrillischer Schriftzug zierte. Unser Kommissar, ein verhältnismäßig junger Mensch, trug jetzt großväterliche Hauspantoffeln, wie René Egles sie in seinem elsässischen Lied, *Em Pappe sine Schlappe*, besingt. Er machte es sich auf einem zerschlissenen Chaiselonge bequem, das an einigen Stellen Eingeweide sehen ließ und zusammen mit einer letzten traurigen, und wie Lilo herausfand, nie mehr gewaschenen Gardine spätes Zeugnis abzulegen schien von jenem Tag, an dem die Rote Armee gegen die Memelniederung drückte und es höchste Zeit geworden war, diese Wohnung für immer zu verlassen.

Unser Auto, hat man es gefunden?

Nein, noch nicht. Eine junge Bedienstete, ein bisschen nett, ein bisschen hübsch, konnte ein wenig Englisch.

Aber einer der Gangster sei doch namentlich bekannt?

Schon ja. Seine Wohnung sei under observation, aber er hätte sich noch nicht zu Hause blicken lassen.

So, aha. Nur noch eine Frage der Zeit also, bis er ins Netz ginge. Hoffentlich würde er dann auch in unserem schönen Auto vorfahren, und hoffentlich noch vor unserer Heimreise übermorgen. Hier unsere Mobilnummer, würden Sie uns bitte anrufen, we are available day and night! Und übrigens – zu Protokoll: Unsere Schiffstickets haben sich Gott sei Dank beim geretteten Gepäck angefunden. Wenn Sie uns nun noch eben das von Ihnen erwähnte Dokument überlassen könnten?

O yes of course. Nur eine andere Angelegenheit sei noch zu erledigen. Auf die Dame hinter der

Schreibmaschine wurde hingewiesen. A few moments, please, dann käme unsere Sache zur Bearbeitung.

Als es anscheinend soweit war, spielte ein großer schwarzer Taschenrechner eine zentrale Rolle. Solange er zur Verfügung stand, konnte an unserem Dokument getippt werden, wenn nicht, stand alles still. Leider wurde er alle paar Minuten in andere Räume ausgeliehen, offenbar wurden überall im Gebäude zur selben Zeit Dokumente ähnlicher Art gefertigt, so dass Engpässe entstanden. Die sich solchermaßen ergebenden Arbeitspausen nutzten unsere beiden Damen zu lebhaftem Plausch, und der Kommissar fühlte sich vom Chaiselonge aus bisweilen zu Einwürfen veranlasst, die bei den Damen Kichern und sogar herzhaftes Lachen hervorriefen, und wäre nicht alles auf Litauisch abgelaufen, hätten wir uns in eine französisch-italienische Koproduktion versetzt gefühlt.

Irgendwann bekam ich mit, dass man dabei war, in das Dokument unsere Liste sämtlicher im Auto verbliebenen Gegenstände einzuarbeiten und dass der so vielfach in Anspruch genommene Taschenrechner dazu diente, unsere Schätzwerte von Badeshorts, Einweckpilzen und längst von den Räubern geleerten Bierflaschen in Litas umzurechnen.

Nach einem Blick auf die Uhr schritt ich ein und es gelang mir, klarzumachen, dass eine Bestätigung des Verlustes unseres Fahrzeugs und der Kamera ausreiche.

Die Arbeit machte daraufhin zügige Fortschritte, und wir wähnten sie schon beinahe beendet, als wir mitansehen mussten, wie die tippende Dame, offensichtlich abgelenkt von des jungen Kommissars

Schäkereien, die Buchstaben über den Rand des Blattes hinaus aufs schwarze Gummi klopfen ließ, dessen durch einen schüchternen Fingerzeig von Lilo gewahr wurde und – ratsch! – alles aus der Maschine zog, um mit x-fachen Blaupausen noch einmal von vorne zu beginnen.

Wir sackten zusammen und rangen nach Luft. Der Kommissar schlich grußlos in seinen Pantoffeln davon, und meine arme Lilo raunte mir zu, was ich meine, ob wir nicht mit etwas Geld nachhelfen sollten. Ob wir nicht unseren schönen Wagen vielleicht sogar längst wiederhätten, wenn wir gleich gestern Abend rechtzeitig ein paar Scheine gezückt hätten? Zum Verzweifeln sei das hier alles!

Vielleicht hast du Recht, flüsterte ich, aber vielleicht hätten sich auch alle tief in ihrem Stolz verletzt gefühlt und uns wegen versuchter Beamtenbestechung in getrennten Zellen auf Stroh gebettet. Im übrigen: Warte mal ab, wie man uns hier wegen dieses Schriebs noch zur Kasse bitten wird!

Meinst du?

Ja, was denkst du wohl, was in solchen Ländern ein amtlicher Stempeldruck kostet?

Als wir das Dokument endlich und tatsächlich in Händen hielten, sah es meinen ersten, an verregneten Sonntagen gemachten Schreibversuchen auf Mutti' und Papas alter Olympia nicht unähnlich, und wenn wir auch außer unserem Namen und dem Kennzeichen auf Anhieb höchstens noch *automobilio* deuten konnten, so machte es uns doch für den Augenblick glücklich, denn es enthielt Unterschrift und Siegel und kostete – nichts!

Da ließ ich mich nicht lumpen und schenkte den beiden Damen für ihre Kaffeekasse, die es ja sicher gebe, einen kleinen Schein, und wie es sich gehörte, zierten sie sich erst und nahmen ihn dann doch.

Liebes Ännchen von Tharau vor'm alten Theater, es tut mir so leid, aber keinen Sinn haben wir heute mehr für dich. Stehen lassen wir dich, unbeachtet, unbetrachtet auf deinem renovierten Simon-Dach-Brunnen, irgendwo dort in der alten Stadt Memel, die längst Klaipeda heißt und uns unsere Reise verdorben hat. Schlimm genug, dass wir noch einmal zurück müssen, übermorgen, wenn auch nur, um die große Ostseefähre zu besteigen.

Vor Juodkrante führt die Nehrungsstraße dicht unten am Haffufer entlang, aber der Waldrand aus Erlen, Eichen und Hainbuchen gibt nur hin und wieder den Blick frei auf Schilf und Wasserfläche.

Juodkrante – ja, Schwarzort.

Ein altes Foto wäre in Erinnerung zu rufen: blonde Kinder, gelehnt an dunkles Schiffsholz. Der Sand schneeweiß in der Mittagssonne. Im Hintergrund geräucherte Flundern wie Socken an der Leine.

Aber viel zu benommen bin ich noch, und nirgends baumelt Räucherfisch.

Die Uferpomenade ist nigelnagelneu wie in spanischen Küstenkaffs, wo große Schilder auf EU-Mittel hinweisen. Ein kleiner Kurpavillon sogar, nicht ganz fertig, die Baumaschinen stehen noch.

Menschen sind nicht zu sehen, früher Nachmittag, wohl die Zeit für ein Nickerchen.

Hinter den Reiher-Bergen hat uns der Wald wieder. 40 in Ortschaften, 70 außerhalb. Zweimal begegnen uns dicke Mercedesse, donnern mit einem Affenzahn vorbei, dunkle Scheiben, russische Nummernschilder, halten sich an nichts. Kommen ja wohl aus Königsberg hergerauscht, haben überall freie Fahrt.

Der Wald wird lichter. Hohe Kiefernkronen auf schlanken, astlosen Stämmen. Immer auch Birken.

Nida. – Das erste, was wir von Nidden sehen, ist eine Werbung für Rundflüge: *Flying.* Warum nicht? Mein Vater war Flieger, immer wurden irgendwelche Flugplätze begutachtet, Wiesen als für Notlandungen geeignet erklärt, das steckt so drin.

Am Ende einer Holperstrecke ein Wohnwagen. Eine Lichtung, zum Wasser offen. Und wirklich ein Maschinchen. Hochdecker, eine Wilga, die polnische Antwort auf Fieseler Storch und Do 27; fest verzurrt.

Eine kurze Piste. Lilienthal, Blériot, die Gebrüder Wright. Wer hat sich diesen Fliegertraum am Haff erfüllt?

Sollen wir?

Lieber nicht, sagt Lilo, aber ich könne ja ruhig, wenn ich unbedingt wolle.

Allerdings: Niemand ist da. Vielleicht später, morgen vielleicht.

In Nidden gibt es das *Jelita* und das *Jurate*, aber ein Schild mit dem deutschen Wort **Zimmer**, dicker und größer geschrieben als das englische *Rooms*, gibt den Ausschlag.

Eine zierliche blonde Frau lächelt, freut sich, kann ein paar Brocken und lässt uns ein. Ein Bub und ein größeres Mädchen lassen sich sehen. Hallo. – Hallo!

Zimmer und Bad sind oben, getrennt zwar, aber wir sind die einzigen Gäste und alles ist sauber und sehr modern. Oh ja! sagt Lilo.

Den gemieteten Wagen stellen wir im eingezäunten Garten ab. Schade, sehr schade, ein schönes, sicheres Plätzchen wäre das gewesen. Als unsere Töchter noch unsere Radtouren mitmachten, sagten wir gerettet!, wenn wir von einem unangenehmen, verkehrsreichen Stück in einen ruhigen Feldweg eingebogen waren. So ähnlich empfinden wir es hier. In Nidden sind wir *gerettet*.

Gang zum Ufer.

Blaue Holzhäuschen, rote Ziegel unter den Fittichen mächtiger Kastanien und ausladender Nussbäume. Alte Zeit mit Sonnenblumen, und doch viel frische Farbe. Gekreuzte Pferdeköpfe als Giebelschmuck. Natürlich ein eingerolltes Kätzchen neben der Tür.

Am Kurischen Haff eine Promenade aus grauen Pflastersteinen, ein Fahrradweg mit dem aufgemalten Symbol. Alles nett, adrett, zivilisiert. Ich glaube, Lilo ist zufrieden, sie liebt glatte Wege.

Zum Wasser hin ein Streifen Gras. Schön hier, sagt sie sogar.

Die Wellen des Haffs klecksen an die schmale Schräge der Uferbefestigung. Schwacher Wind weht von der Ostsee herüber.

Drüben, sehr weit weg, Land, vermutlich die Windenburger Ecke. Die Elchniederung, weiter südlich im russischen Teil, eher zu ahnen, als auszumachen.

Draußen irgendein Schiffchen.

Aber sämtliche Kurenkähne vor Zeiten davongesegelt, und alle Maler haben ihre Staffeleien längst eingepackt.

Wir promenieren und sind so ziemlich alleine. Die Sonne von hinten, wohltuend. Links, halb versteckt, die Häuschen, Giebelfenster mit Haffblick.

Möwen. Wie üblich. Mit der Flügelspitze knapp übers Wasser. Krähen fallen auf, die grau sind statt schwarz. Irgendwie kränklich. Komisch, und früher soll es hier ja üblich gewesen sein, denen in strengen Wintern den Kopf abzubeißen, um sie anschließend für den Tisch zuzubereiten.

Wo das Ufer endlich naturbelassen ist, mit Sand und Schilf, nehme ich eine Handvoll Haffwasser für mein Gesicht. Das musste jetzt mal sein. Auch wegen meiner Augen.

Tomo Mano namas Nidoje.

Eine steile Treppe, hineingespatet in eine alte bewachsene Düne. Jede Stufe holzbewehrt und gut verkeilt.

Das Mann-Haus steht obenauf zwischen Pinienkiefern. Frisches Rot, blaue Fensterläden, weiß abgesetzt; ein hübsches Museum unter Reet.

Im Arbeitszimmer grüßt der Meister in Lebensgröße von einem historischen Foto. Einstecktuch im dunklen Blazer, helle Hose, zurückgelehnt am Schreibtisch. Zigarillo. Vornehme Distanz.

Texte hinter Glas: »*Meine Worte können Ihnen keine Vorstellung von der eigenartigen Primitivität und dem großartigen Reiz des Landes geben. Ich möchte mich hier auf Wilhelm von Humboldt berufen, der dort war, und speziell von Nidden so erfüllt war, daß er erklärte, man müsse diese Gegend gesehen haben, wie man Italien oder Spanien gesehen haben müsse, wenn einem nicht ein Bild in der Seele fehlen soll. …*

… Wir faßten einen Hügel am Haff ins Auge und begannen, mit einem Bauplatz zu kokettieren.«

Bilder von Nehrungssommern. Die Familie im Freundeskreis auf der großen Veranda. Segelhosen, Turnschuhe, weiße Kleider. Oder: Thomas Mann am Strand von Nidden. Auch hier der Blazer, alle anderen im Badezeug. Sandburgen. Und extra für ihn: der einzige Strandkorb.

Ein paar Leute haben hergefunden. Deutsche. Wie es scheint, ein Reisegrüppchen beim Abhaken eines Programmpunktes. Manns Italienblick von 1931 wird gesucht, aber die groß gewordenen Bäume lassen keine Eindeutigkeit mehr zu.

Auf dem Rückweg kriegen wir den Geruch von Bratfisch in die Nase und der Magen meldet sich. Zumindest meiner. Auch ein Bier würde jetzt wieder zischen.

Die Sonne scheint schon unter die Colaschirme, und der Ober verschwindet wortlos, als er merkt, dass wir deutsch oder englisch mit ihm sprechen wollen. Er erscheint aber unverzüglich wieder mit einer handgeschriebenen deutschen Speisekarte.

Was sagst du nun?

Lilo isst wieder, wenn auch nur Salat. Ihre Syltbrille habe sie hinter Tauroggen in die Seitenablage getan. Schade, sage ich, aber das Krantorbild zum Glück im Koffer! Ja, sagt sie, und guck! Entfaltet ein Tempotaschentuch: die kleine Wickenblüte aus Nikolaiken. In ihrem Rucksäckchen.

Auf dem Weg zum Hafen hundert Meter Einkaufsmeile aus Zwergenhäuschen. Winzige Läden mit knalligen Dächern. Oben schlafen, unten verkaufen. Postkarten, Pullover, Bernstein.

In einem der kleinen Geschäfte ist eine farbige Bildansicht zu haben, *Rund um das Kurische-Haff* (mit Bindestrich). Wohl der Nachdruck einer Lernkarte aus Schuljahren, als HUS noch Heimatkunde hieß.

Das Haff hell-, die Ostsee mittelblau, grün das Land. Überall Bauern, Knechte und Mägde bei nützlicher Arbeit, das Vieh auf saftigen Wiesen, suhlende Schweine und Ferkel.

Ausritt auf Trakehnern.

Angler, Reusenfischer. Eisfischer und Schlittschuhläufer vor Windenburg. Ein Maler auf der Niddener Düne. Meister Adebar mit roten Strümpfen.

Leuchttürme, die von allen markanten Orten weißen Dampferchen der Cranz-Memel-Linie den Weg weisen, vorbei an gewaltigen bunten Speisefischen, die Kaulbarsch, Döbel, Schnäpel, Brachsen und Quappe heißen.

Kurenkähne mit Kurenwimpeln obenauf, von Möwen begleitet.

Ringsum durch Wälder und Moore streift der Elch mit seinem Geweih oder ruht sich aus in der nach ihm benannten Niederung, während drüben am Ostseestrand sonnengebräunte Badenixen im Zweiteiler gleichzeitig einem Wikingerschiffchen, einer Hansekogge und den Passagieren des Seedienstes Ostpreußen zuwinken, die von Swinemünde und Zoppot herübergebracht werden.

Und überm Ephaberg, im Anflug auf die Segelfliegerschule von Rossitten, hängt ein Flugschüler in seinem Schulgleiter, hat sich diese preußische Wunderwelt mal von oben angeschaut.

Ich bin begeistert, und Lilo versteht das einigermaßen, sie kennt mich ja.

Auf den Platz nicht weit vom Hafen haben sie eine Freilichtbühne gestellt, in der Art eines gewaltigen schwarzen Bilderrahmens, für Michael Jackson oder die drei Tenöre oder so. An dem Ding wird noch gearbeitet. Überall Kabel und Boxen für Licht und Ton. Irgendetwas steht bevor, aber auch das Publikum fehlt noch.

Im Hafenbecken nichts Dolles. Ein paar graue Kutter. Rostansätze. Ach, und kuck mal, 'n deutscher Segler. Aber wiedermal typisch, das ungewaschene Schwarzrotgold. Lieblos. Daneben ein Pole, blitzsaubere Flagge.

Unseren Wodka nehmen wir in einem Bistro mit lauten Stühlen. Lilo trinkt einen halben, ich also anderthalb. Dazu teilen wir uns ein Mürbteigelchgeweih, und als es schmeckt, noch eins.

Am Tisch nebenan scharen sich fünf Leute um eine Schachtel Toffifee und gehen sehr behut- und bedeutsam mit ihr um.

Nida – Neringa – Lietuva

Samstagfrüh rollen dahinten Motorräder in Rudeln über die kleine Dorfkreuzung. Am zurückgehaltenen Fenstervorhang vorbei können wir sie sehen. Sie verleihen dem kleinen Ort einen sonoren Grundton.

Oja, yes, sagt unsere zierliche blonde Wirtin, als ich zur Bestellung des Frühstücks bei ihr unten in der Küche stehe. Kommen from Klaipeda und Palanga und from Vilnius, from all Lietuva. Groß Party! End of season. Heute End von Sommer in Neringa. Und strahlt mich an dabei. Kaffi? – O, ob sie auch Tee hätte? – Tee? Oja, yes!

Sie bringt ihn uns aufs Zimmer, dazu mein Lieblingsfrühstück: Brötchen, Butter, Erdbeermarmelade, Honig.

Den Ortsplan von Nidden auf dem Bett ausgebreitet. Tagesprogramm: zum Strand? Baden gehen, braun werden? Der Tag verspricht, schön zu werden!

Ob ich schon vergessen hätte, dass mit unserem schönen Auto auch die schöne Badetasche mitsamt meiner schönen Costa-Brava-Badehose verschwunden sei, von ihrem Gelbschwarzen, den ich immer so gelobt hätte, ganz zu schweigen.

Achso, ja, dumm. Aber vielleicht ist der Strand einsam und lädt zum Nehrungsnacktbaden ein?

Dazu sei sie nicht in der Stimmung. Sie brauche als erstes mal eine Sonnenbrille, damit nicht gleich jeder ihre verheulten Augen sehe.

An diesem Vormittag ist man in Nidden auf Beinen und Rädern, und die schwarzlederne Gesellschaft spielt an den Gashebeln ihrer schweren Maschinen. Tiefes Gegrummel und frohe Erwartung. Von der Freilichtbühne hört man Tonproben, one, two, three, man ist international, und ein plötzlich anschwellendes, anderes Motorengeräusch verkündet untrüglich den ersten Rundflug. Und an der Hafenmole vorbei lässt sich ein wahrhaftiger Kurenkahn, augenscheinlich beladen mit Gästen einer kleinen nostalgischen Ausfahrt, gemächlich aufs Haff hinaustreiben. Wo der bloß auf einmal herkommt? – Es ist etwas los in Nidden!

Also: Zuerst rundfliegen, Überblick verschaffen! Dann Spaziergang zum Strand, dösen. Von dort rüber zur großen Wanderdüne, Wüste pur erleben! (Darf man ja bei uns gar nicht mehr.) Später eine gemütliche Kurenfahrt in der Abendsonne! Dann… –

Fliegen müsse ich allein, sagt Lilo, in das Maschinchen steige sie nicht ein.

Naja, dann halt von mir aus erst Kurenkahn, dann Düne, dann Strand. Du dann unter die Dusche, ich in die Luft. Und heute Abend schön Fischessen und dann ins Open-air-Tanzgetümmel mit Michael Jackson!

Gut, aber zu dem Kurenkahn, sie wisse noch nicht recht, habe sie nicht so das richtige Vertrauen. Wenn der dann so schwanke.

Also gut, erst mal an den Strand, und dann mal sehn.

Am Sonnenbrillenständer eines kleinen Supermarktes kommen wir, während Lilo sich verschiedene Modelle mit baumelnden Preisschildchen in ihr Gesicht setzt und es abwechselnd einem Spiegel und dann mir zudreht, mit zwei beleibten Damen ins Gespräch. Mutter und Tochter, gommen aus Sachsen. Die kriegen gleich die Geschichte von der mitsamt dem Auto gestohlenen Sonnenbrille zu hören, und dass man sich hier nun irgendeine komische kaufen müsse.

Die beiden sind erschüttert, gewinnen aber rasch, nachdem sie erfahren, dass unsere Heimreise sichergestellt sei, ihre Fassung wieder und erklären ihrerseits, dass sie sich auf der Rückfahrt von einem Hilfsgütertransport befänden, wie sie ihn bereits mehrmals von ihrer kleinen Gemeinde aus mitgemacht hätten.

Die könnten hier ja alles gebrauchen, also wirklich alles. Diesmal habe man ein Altersheim in Wilna besucht, wir machten uns keine Vorstellungen. Überall Plastikschläuche anstelle von Wasserleitungen, und die Klos hätten keine Türen. Die armen Leutchen! Immer gebe es Verstopfungen, und das Papier dürften sie deshalb nicht mit hineintun, sondern müssten es in extra Eimer werfen, und die hätten keine Deckel.

Nun erholten sie sich noch einen Tag hier auf der Nehrung, das machten sie jedesmal so. Denn, sagt die Tochter, mir Sachsen, mir sin helle, mir drinken aus der Quelle, die andern, die sin dumm, die latschen drinne rum!

Aber sie stamme ursprünglich aus Königsberg, sagt die Mutter. Nach dem Krieg als Kind in sowjetischen Lagern gewesen, nicht gewusst, wo die Eltern sind und nichts zu essen und nichts zu trinken und alle einfach so weggestorben.

Hinter ihren Brillengläsern läuft Wasser zusammen, sie wischt mit dem Zeigefinger unter das Gestell, das hochrutscht, und die Tochter schaut zwischen Lilo und mir hin und her. Lilo fallen schließlich ein paar passende Worte ein, während ich den Heckmann, den ich schon vergessen hatte, plötzlich vor mir sehe: Wie der einmal mitten im Mathematikunterricht aufgehört hatte, Scherze auf unsere Kosten zu machen. Mit weggetretenen Augen die Wand hinter uns anstierte und Herrschaften zu uns Quintanern sagte. Da oben in Ostpreußen, Herrschaften, da habe es sich schon noch gelohnt, sich hinzustellen mit der Knarre in der Hand. Die Frauen und Kinder, Herrschaften.

Wir Buben haben betreten dagesessen, der war uns auf einmal so anders vorgekommen.

Im Landschulheim Grasellenbach im Odenwald bekamen wir dann seine enormen Waden zu sehen. Die bestimmten das Wandertempo und brachten uns zum Schwitzen.

Nachdem der Leiter des Hilfsgütertransportes den beiden Damen gewunken hatte, fand Lilo doch noch eine Sonnenbrille, die sie passabel nannte, aber von der baltischen Bademode war sie nicht zu überzeugen. (Also doch nackt.) Dafür gab es in einem Fotolädchen einen Einmalapparat zu kaufen, was uns überraschte. (Und Digital-Video-Kassetten hätte ich hier auch wieder gekriegt, aber die brauchte ich ja nun nicht mehr.)

Im Westen breitet die Kurische Nehrung ihre Arme zur See weit aus. Mit Strand, Düne und dunkler Waldabdeckung löst sich ihre endlose flache Krümmung nach beiden Seiten hin in Dunst und Diesigkeit auf.

An der Dünenkante macht Lilo einen ersten Probeschuss: Reinhard tatsächlich da! – Im Hintergrund ein alter Sowjetwachturm.

Worauf von hier aus wohl die ganzen Jahre aufgepasst worden war?

Und die Ostsee liegt platt. Graugrün ihr Wasser, nach Norden zu freundlicher, graublau; im Süden trügerischer Glanz unter bleischwerem Himmel. Kräuselfelder. Manchmal schlappt eine kraftlose, alte Welle über den Sand und schiebt Muschelschalen und Tangschnüre. Die Sonne sticht.

Nidden hat einige Leute durch den Hochwald herübergewürfelt und sie in Grüppchen an seinen Strand gelegt oder baden geschickt. Abgesehen von ein paar hundert Metern belebten Uferabschnittes ist der Saum menschenleer, das Paradies leicht zu haben.

Warum nehmen wir es uns nicht?

Weil so etwas nicht auf Kommando geht.

In unserer Zweitgarnitur kurzer Hosen (die anderen waren ja, ungewaschen, wie Lilo mit einer gewissen Genugtuung bemerkte, auf der hinteren Ablage geblieben) sitzen wir im warmen Sand und gucken jungen Litauern bei ihrem Badequatsch zu. Laut sind sie, das Wasser muss kalt sein. Ihre Mädels liegen weiter oben, wo der Strandhafer piekst, aalen sich.

Als die nassen Burschen, jeder mit einer Handvoll Ostsee, hochgeflitzt kommen, ist das Gekreische groß.

Für uns und für Omi lassen wir etwas von dem Sand in ein leeres Sprudelfläschchen rieseln. Sie hat Surminski gelesen, *Sommer 44*, und natürlich auch seine früheren. Hatte sich irgendwie anstecken lassen von ihrem Sohn im Laufe der Zeit.

Der Atlas liegt aufgeschlagen auf dem Wohnzimmertisch, sie verfolgte alles ganz genau, wenn wir uns meldeten von da und dort – alles gut, alles bestens, traumhaft, wunderbar. Vom Auto weiß sie noch nichts. Ich rufe sie jetzt von hier aus an.

Die Wilga dröhnt schon zum dritten Mal. Kommt genau hier herüber, noch im Steigflug, immer mit Vollgas. Überm Wasser nimmt er die Spitze weg und die Klappen rein, drückt etwas nach. Fliegt bis vor die russische Grenze und dreht dann nach links ab, das Haff zu zeigen.

Begegnungen mit den Schulgleitern aus Rossitten?
– Keine.

Wir schlendern der unechten Sonne entgegen. Wassertreten wie in Kolberg, zu mehr bringen wir es auf dieser Reise nicht. Mit den Zehen etwas suchen. Und Bernstein finden, das wäre jetzt schön. Palmnicken. Aber was danach aussieht, ist doch immer wieder nur ein belangloser Flint.

Das Strandbistro im Niddener Blau, und unter Go-West-Schirmen sind sie schon kräftig beim Wodka. Zu früh für uns.

In der Nachbarschaft aber der Stand eines rotrunzeligen Mütterchens. Es qualmt, zischt und riecht nach

Vereinsfest. Hot Dogs. Wir stellen uns in die kleine Reihe. Die Dogs und das Mütterchen sind zweifellosverwandt.

Den ersten Bissen zwischen den Vorderzähnen halten, Luft ziehen und *heiß* sagen. Die schmecken aber dann, und wie! Hundert Gewürze, riesengroße Zwiebelringe. Mal eben so bleiben, stillhalten! Klick mit dem Wegwerfding. Du, übrigens, hinter dir, der Himmel, schon ganz schwarz.

Auf dem Weg zur Anhöhe, auf der der Leuchtturm steht, fangen die Kiefern an zu rauschen und die Birken biegen sich.

Die Wilga ist noch mal zu hören, macht wohl, dass sie reinkommt. Wir auch: Nee, komm, Leuchtturm und Düne, das wird jetzt nichts mehr. Trampelpfad zum Dorf.

Als wir die ersten Spritzer abkriegen, taucht Beton auf, noch halb im Wald in die alten Dünen gesetzt: Rohbauruinen sozialistischer Villen, vermute ich mal. Nichts mehr draus geworden, die alten Parteibonzen haben Mallorca entdeckt. – Blitze zucken schon. Wir eilen.

Als es richtig losgeht, haben wir die Rotkäppchenhäuser vor uns. Eine Tür steht noch offen, wir sind wiedermal gerettet.

Es ist ein kleines Bernsteinmuseum mit zwei reizenden jungen Museumsführerinnen, die, wie es scheint, auf uns gewartet haben, sich auf nette Art freuen, dass wir Deutsche sind, selber eine Zeitlang in Göttingen studiert haben und nun liebend gerne ihre Sprachkenntnisse bei uns anbringen.

Während es draußen kracht und die Nehrung untergeht, klären sie uns auf über fossile Harze tertiärer Nadelgehölze, die in jüngere Schichten, eben vorzugsweise das Diluvium der späteren Ostseeküste gerieten, führen uns zu Exemplaren der verschiedensten Größen, Dichten und Farben, vom hellen Gelb bis zum dunklen Braun, lassen auf handgemalten Landkarten entlang antiker und mittelalterlicher Routen den Handel mit dem Gold des Nordens aufs Neue erblühen und erlauben uns, Einschlüsse von Pollen, Früchten, Würmern, Flug- und Krabbelinsekten gegen das Licht zu halten und zu bestaunen. Elektrisches Licht, denn die Welt ist ja dunkel geworden. (Ab und zu flackert es.)

Wer ist das? frage ich. Unter den Kunstgegenständen hinter Glas steht ein pausbäckiger Bernsteinkönig mit orthodoxer Krone und silbernem Hakenkreuz vor dem Bauch. Das wisse nur der Künstler, wird gesagt, der sei aber nicht da.

Die Tür ist noch zwei-, dreimal aufgegangen und hat mit Wind und Regen Leute hereingelassen, die ihre Kapuzen vom Kopf nehmen, Reißverschlüsse öffnen und Pfützen entstehen lassen.

Gern sehen es die Museumsführerinnen, wenn man sich auch für den Schmuck interessiert, der ja käuflich ist. Als sich die Hauptmacht des Gewitters mit Nachgrollen verzieht, lasse ich Lilo einen Stein einpacken, der zu ihren Augen passt und an einem Lederband um den Hals zu tragen ist. Er hat etwas Indianisches. Warum auch nicht? Nschotschi, Winnetous Schwester.

Wir laufen unter dem Regen hindurch zu unserer Pension und sind erstaunt, dass sich fremde Zahnbürsten in unser Badezimmer verirrt haben. Auch Schampon und Duschgel. Unser Zimmer scheint man uns aber gänzlich gelassen zu haben, und so verkriechen wir uns, während Nidden und die Nehrung vor Nässe triefen und unter dem Rauschen von Regen und Wind zum Wesentlichen zurückfinden, in unsere litauischen Betten und haben endlich ganz viel Zeit, einander ausgiebig zu trösten.

Mit dem Nachlassen des Regens, dem bereits angebrochenen Abend und herübergewehten Fetzen von Musik und neuerlicher Ausgelassenheit meldet sich der Hunger. Schön Fisch essen hatten wir doch noch auf dem Programm gehabt und das Tanzgetümmel mit Michael Jackson. Letzteres würde vielleicht ein bisschen feucht werden jetzt, aber der Fisch müsste eigentlich noch zu kriegen sein.

Unten unsere Gastgeber. Der Mann nun auch da. Ah! Hello! From Deutschland? Very good. In Köln, Dortmund, Düsseldorf war er. Good business! The best things are from Deutschland, behauptet er. Und zum Beweis holt er aus der Küche Packungen und Plastikflaschen verschiedener Reinigungs- und Spülmittel und ist hocherfreut, als meine Lilo die Marken kennt und sich zwischen ihm und ihr eine lebhafte Fachsimpelei entwickelt.

Mir schwant, dass der Mann für ganz Neringa die Alleinvertriebsrechte an seiner Produktpalette besitzen, das Gespräch Verkaufscharakter annehmen und Lilos weiches Herz und reimportierte Waschmittel uns am deutschen Zoll noch teuer zu stehen kommen könnten, deshalb teile ich mit, dass wir im Begriff seien, schön Fisch essen zu gehen, und frage, ob eine Örtlichkeit empfohlen werden könne. Das geschieht zwar nicht, aber dafür setzt unser Gastgeber nach kurzer Bedenkzeit eine wichtige Miene auf, hebt seinen Zeigefinger in Hab-Acht-Stellung, um ihn sodann Kreise beschreiben zu lassen, die ich dahingehend deute, dass uns, ihm und seiner zierlichen blonden Gemahlin gemeinsam eine Überraschung bevostünde: We all go together, sagt er, nickt mir wissend und beruhigend zu, mir alle Sorgen einer Lokalwahl nehmend.

Was für eine reizende Geste! Die Gastgeber laden sich uns spontan auf, haben bestimmt etwas Besseres vorgehabt als das schwierige Radebrechen mit uns Ausländern an diesem end of the season eve, aber führen stattdessen uns zum gewiss geheimsten aller Geheimtipps, was Fischessen auf Neringa betrifft, sonst nur alteingesessenen Kuren vorbehalten.

Schon vorauszusehen, dass ich mit der ein oder anderen Runde das meinige zum Gelingen des Abends beitragen werde, denn auch bei den Litauern wird es so sein, dass die Fische wieder schwimmen wollen!

Es hat abgekühlt. Straßen und Wege sind nass, von den Bäumen tropft es noch. Im Licht der Laternen begegnen uns gutgelaunte Menschen, und von irgendwo links kommt die Musik. Rechts wird ein einladend wirkendes Restaurant mit verglastem Vorbau von unseren

Gastgebern unbeachtet liegen gelassen.- Logisch, wäre ja zu einfach gewesen!

You want eel? – Eel? Moment mal, was war noch gleich eel? Eel? Achso ja, klar: Aal. Wollen wir Aal? – Aal ja! Liebend gerne. Eel is okay. – Eel is okay? – Ja, eel is okay!

Bald stehen wir in einer dunklen Gegend vor einem Holzschuppen. Ein massiger langbärtiger Mensch öffnet die Tür und knipst eine müde Birne an. Da hängen sie: dutzende Räucheraale.

Aha, originell, hier beguckt man sich also erst einmal die Fische. Die Frauen bleiben draußen, Aal aussuchen ist Männersache. Ich werde dem beeindruckenden Aalfänger vorgestellt. Der hat ein überaus rotes, sozusagen mitgeräuchertes Gesicht und quetscht mir die Hand. Er langt nach einem riesigen Apparat, einem Mords Kerl und drückt ihn mir her. Um einiges zu mächtig, denke ich mal, und hatte sich nicht in ungezählten Nordseeurlauben herausgestellt, dass die kleineren einfach besser schmecken?

Aber mein Gastgeber nickt mir zu und kneift kurz ein Auge.

Naja, wenn dieser Bursche uns alle vier sattmachen soll, ist er wohl doch nicht so verkehrt.

Auf Litauisch wird verhandelt, dann wird thirty Litas gesagt und sogar noch auf Deutsch: dreißig. Is it okay? – Ah, verstehe, ich soll bezahlen. Sicher will mein Gastgeber nachher alles übernehmen, Getränke, Beilagen, Nachtisch. – Dreißig Litas, das sind in

D-Mark…? – Aale sind überall teuer, wird irgendwie hinkommen: It's okay.

Der Aal wird in Papier gedreht und mir nochmal die Hand gequetscht. Ich trage meine Beute in der Linken.

Es geht den gleichen Weg zurück. Rechts jetzt die Musik, links das einladend wirkende Restaurant.

Endlich fange ich an zu begreifen: Wir sind zu unseren Gastgebern nach Hause eingeladen! Ins litauische Wohn- Esszimmer! Zwar nicht unbedingt das, was wir uns jetzt erträumt hätten, aber unzweifelhaft eine ganz besondere Ehre! Und weil er wusste, dass wir sonst mit leeren Händen dastehen, ließ er mich das Tier bezahlen. Wollte uns schlicht eine Peinlichkeit ersparen. Ja, die Litauer! Sind da noch ganz anders als wir, denken viel feinfühliger.

Nida

Neringa

Lietuva

Ein Blechschild an der Hauswand.

Auf Höhe dieses Gebäudes, das gewöhnlich wohl kommunalen Versammlungszwecken dient, wird uns ganz plötzlich die Hand gereicht. (Au, wieder meine Rechte.) Have a nice meal! wird gesagt. –

Äh… but… aber… we thought…

And have a nice evening!

Ja, aber… äh… – thank you very much, sagen wir, und auch noch: The same to you, als unsere Gastgeber schon zwischen anderen Leuten im Eingang verschwinden.

Aus den geöffneten Fenstern im ersten Stock quellen Licht und laute Heiterkeit, auch Gesang.

Ein kleiner Windstoß schüttelt die Bäume über uns aus.

Zwei Stunden später sitzen wir im verglasten Vorbau des einladend wirkenden Restaurants und bringen die eine Hälfte des dicken Brummers mit Wodka zum Schwimmen. Die zweite haben wir beim besten Willen nicht mehr geschafft, aber geschmeckt hat er. Für Brot und Bier hatte der kleine Supermarkt noch geöffnet gehabt. Soweit gut, nur dass wir alleine auf unserem Pensionszimmer saßen und nicht recht wussten, warum.

Auf der Treppe wieder nach draußen waren uns noch die fremden Zahnbürsten in Gestalt eines sehr jungen Pärchens begegnet, das sich huschend verzog.

Damals in Wenningstedt, sagte Lilo, habe sie sich auch immer geniert, wenn wir schon so früh aufs Zimmer schlichen. Immer gedacht, was Frau Somohl wohl denkt.

Drüben bei Michael Jackson singen sie jetzt das Lied von der Samba, die so glücklich macht: *Liebe, Liebe, Liebe-lei* (verstehe ich da immer), *morgen ist sie vielleicht vorbei, tanze Samba mit mir, Samba, Samba, die ganze Nacht.*

Und während wir noch rätselraten, ob die das nun auf Englisch oder Deutsch oder doch auf Litauisch bringen, fällt mein Blick auf ein Bild, das hinten im Lokal seitlich von der Theke hängt und von zwei feinen

Lampen angestrahlt wird, und die Linien darauf kommen mir trotz der Entfernung und des ungünstigen Blickwinkels sogleich vertraut vor. – Und es ist ja auch gar kein Bild!

Weißt du, was die da hinten an der Wand hängen haben, in diesem einladend wirkenden, großartigen litauischen Restaurant? Da hinten, unter den beiden Strahlern? – Lilo streckt ihr Köpfchen vor und schaut. Dann guckt sie mich an und scheint die Antwort mühelos aus meinem Gesicht zu lesen: Etwa eine ganz bestimmte Landkarte?

Ganz genau, ja!

Ich gehe hin und stehe inmitten all der Umtriebigkeit eine Weile wie angewurzelt da:

Heimatkarte Ostpreußen

Ein großes Ding, schön eingerahmt, und alles drauf:

von der Elbinger Höhe bis zur Rominter Heide. Von Deutsch-Eylau bis Tilsit, von Pillau bis Johannisburg. Vom Großen Sellmentsee bis zum Memeler Tief.

Das ganze Preußenland mit all seinen richtigen und wirklichen Namen!

Ich will fragen, ob man die Karte kaufen kann, da hebt draußen ein Böllern an, das stärker wird, und die Gäste verlassen ihre Tische und alles strebt dem Ausgang zu, denn ein Feuerwerk ist schon im Gange, das begonnen hat, bunte Sträuße farbenprächtiger Fantasieblumen in den nächtlichen Nehrungshimmel zu werfen und goldenen Regen auf das Kurische Haff niedergehen zu lassen.

Ostpreußen adé

Am Rückreisetag ist der Himmel über Nidden milchig und trüb.

Winken zum Abschied.

Ach ja, beinahe hätten wir's vergessen. Lilo steigt noch einmal aus: The second half of our fish! It's in the refridgerator. It was very good! If you want, have a nice meal with half the eel!

Ah, o, yes, thank you! rufen sie.

Not at all, bye-bye!

Good-bye!

Auf der Nehrungsstraße geht es wieder zurück nach Norden. Es ist ja der ehemalige *Strandweg* von Königsberg nach Riga, die historische Landverbindung des Deutschen Ordens mit dem livländischen Schwertbrüderorden. Alles schon sehr lange her.

Kein Elch, nur Spuren von Wildschweinen am Straßenrand. Alles wie verrückt aufgewühlt. Im Schwarzwald schon mal gesehen.

Ein paar Motorräder, denen wir zu langsam sind.

Die Karte von gestern Abend war nicht verkäuflich. Gut so. Wie hätten wir sie überhaupt transportiert? Und was sollte sie bei uns zu Hause hängen? Hier in Litauen mag der ein oder andere sie bestaunen und große Augen kriegen.

In Schwarzort kommt die Sonne durch. Ein nagelneuer Parkplatz direkt am Haff. Wieder alles ganz verschlafen, aber das Wasser mit munteren Wellen. Wind in den Weiden. Sogar ein Tretboot.

Ich knipse: Lilo mit ihrer passablen Brille.

Gleich nach der Weiterfahrt tritt hinter Bäumen hervor ein Polizist: Stopp!

Was will der denn nun? – (Seitlich ran).

Hält mir ein Handgerät vor die Nase:

54 km/h.

Das hat ja nun noch gefehlt. Na und? Verdammt! Jetzt womöglich noch die Fähre verpassen und erst übermorgen zurück! Das verkraftet Lilo nicht.

Ich steige aus. Entschuldigen Sie, sprechen Sie Deutsch? Oder Englisch?

Sehr langsam und sehr bedächtig nickt dieser uniformierte Mensch, und sagt tatsächlich: Deutsch. Ein wenig.

Stein vom Herzen, aufatmen. Was habe ich falsch gemacht? Ich bin mir gar keiner Schuld bewusst, fahre doch die ganze Zeit schön langsam, wie es sich gehört!

Nur 40 darf man. Du hast 54!

Ich denke 70 sind erlaubt?

In Ort nur 40.

Ja, ist denn dies hier noch Schwarzort, Juodkrante?

Er nickt: Hier Juodkrante!

Ja, dann bitte ich vielmals um Entschuldigung! Ich sah keine Häuser mehr, nur noch Wald.

Er deutet auf die folgende Straßenbiegung: Juodkrante Ende dort! Schild hinter Bäume.

Ach du meine Güte, es war wirklich keine böse Absicht von uns!

Und da winkt dieser liebe litauische Polizist ganz klein mit seiner großen Hand, und wir dürfen einfach weiter.

Kaum angefahren, zischt ein abgedunkelter Großraumvan, russische Nummer, mit soundsoviel Sachen an uns vorbei und verschwindet hinter besagter Biegung.

Guck dir das an! Die kriegen sie überhaupt nicht! Brausen einfach durch! Scheren sich um nichts! Scheinen überhaupt noch die heimlichen Herren der Nehrung zu sein.

Von der Hagenshöhe, kurz vor der Fährstation, noch einmal ein Blick zurück. Das Wasser des Kurischen Haffs und die schlanke Halbinsel mit ihren Buchten und Vorsprüngen. Und ich bin wirklich dagewesen. – Aber zu welch einem Triumph wäre die Fahrt im eigenen Wagen geworden – die Nehrung *erobert*!

Unten warten wir hinter einem litauischen Audi. Ein kleines Sylt hat der noch drauf in Rot. So, so. – Offene Türen, Kinder rein und raus. Das wäre so etwas, wenn man ihn auf diese Weise wiedersähe. Aber wahrscheinlich hätte man noch größte Schwierigkeiten, die Sache zu beweisen.

Auf der Memelfähre stehen Michael Jacksons Motorradfreunde vor uns, bestaunt von braven Leutchen ringsum, die in Eimern, Taschen und Körben die

Schätze des Kurenlandes mit hinübernehmen. Zusammengesteckte Angelruten.

Ach, und schau, unser schüchternes Pärchen, die fremden Zahnbürsten. In feiner Lederkluft auf ihrem tollen Maschinchen. Hat wohl 'nen Papa, der Junge, der dem ausgebremsten Sozialismus nicht nachzutrauern braucht.

Drüben für die letzten Litas vollgetankt, dann die Minijos Gatve, eine breite Ausfallstraße entlang Richtung südlichem Hafengebiet. Umleitungen, Umgehungen. Die Gegend, in die wir bei unserer Memelankunft vor vier Tagen gerieten, von der Rückseite. Schlechtes Gefühl. Absurde Haarnadelkurven, und endlich die Kaianlagen der großen Ostseefähren:

Klaipeda – Mukran

Ein freundlicher junger Mann von der Autovermietung erwartet uns. Noch ein bisschen Papierkram, dann alles ausladen. Koffer, Taschen, Jacken, eine Tüte mit Proviant. Lilo hängt sich ihr Rücksäckchen über.

Heimatlos.

Schlechte Menschen, die überall lauern. Dunkelmänner, bereit, uns in letzter Sekunde ein Bein zu stellen, um über uns und unsere verbliebenen Habseligkeiten herzufallen.

Could you please help us with the luggage? Ich halte dem jungen Mann einen Zwanzigmarkschein hin, das Kleinste, was ich noch da habe. No problem, sagt er. Er packt mit an, die zweihundert Meter, wechselt ein paar Worte mit den Beamten und geleitet uns sicher durch den Zoll.

Das musste es uns wert gewesen sein.

Wir und ein Mensch mit schwarzem Reiseköfferchen, der sich uns als Geschäftsmann von der Insel Rügen bekannt macht, sind die Ersten in einem Kleinbus, der uns zum Schiff bringen soll. Auch die anderen, die nach und nach zusteigen, sind Deutsche, wie man hört. (Hier noch frei? Ach wunderbar. Nein danke, geht schon. Vielen Dank.) Rucksäcke, Kniebundhosen, gutes Schuhwerk, allerlei Praktisches. Die Nicht-Autofahrer. Nehrungswaldwanderer, Elchfährtensucher, zwei Strandläuferinnen mittleren Alters. Die eine fällt mir auf, sie guckt zurück.

Der Rügener wundert sich über unsere unhandlichen Gepäckstücke, und so kann Lilo alles loswerden.

Ob uns denn keiner gesagt hätte, dass man hierher nicht mit dem eigenen Wagen kommen dürfe? Er sei jede Woche einmal hier, kenne eine ganze Reihe von Leuten, er wolle mal sehen, ob er nicht noch etwas für uns tun könne. Meistens gingen die geklauten Autos ja gleich über die Grenze, aber es gebe Ausnahmen.

Auf der wackeligen Geschichte nach oben, die Bordwand entlang, leuchten Lilos Augen: Der Rügener will uns helfen!

Im schmalen Gang zu unserer Kabine haben wir eine enge Begegnung mit zwei großen Kerlen und deren Pumataschen. Sie sagen kein Wort, aber Lilo weiß genau, dass es Russen sind. Die haben andere Köpfe, stimmt's? Wahrscheinlich sind es nur die Frisuren, sage ich. Unser richtiger Russe aus Königsberg, hatte der denn auch so einen Kopf? Nein, der nicht, der sei ja auch eine Ausnahme gewesen!

Wir grinsen über uns selbst.

Trotzdem, halt ruhig deine Handtasche immer gut fest!

Mit der Kabine sind wir zufrieden. Auf kleinem Raum alles, was man braucht. Und ein großes Fenster. Wir haben die höchste Kategorie, daran wollte ich nicht gespart haben, der Abschluss unserer Reise hatte durch nichts geschmälert werden sollen.

Allerdings die Betten: doppelstöckig.

Dreißig bis vierzig Fahrgäste finden sich nach und nach auf den beiden Außendecks ein, die den Blick nach hinten und zu den Seiten freigeben. Unter uns der offene Heckbereich mit den Eisenbahnschienen, aber keine Waggons. Die paar Autos sind schon im Bauch. Das riesige Fährschiff ist längst nicht ausgelastet.

Wir werden von den beiden Strandläuferinnen angesprochen. Sie hätten mitbekommen, dass uns das Auto gestohlen worden sei. Bestimmt ein großer Verlust für uns? (Die eine der beiden hat so was im Blick.) Sie seien in Weißrussland gewesen und später in der Gegend um Vilnius. (Wohl doch keine Strandläuferinnen.) An der polnisch-weißrussischen Grenze hätten sie vierzehn Stunden im stehenden Zug zubringen müssen, sie schieben das auf die Probleme mit den unterschiedlichen Spurweiten. Im übrigen sei der Grund ihrer Reise gewesen, Spuren altslawischen Lebens nachzugehen und dabei hätten sie viele interessante Menschen kennengelernt. (Wieder der Blick.)

Oh, das könne ich mir gut vorstellen, sage ich, auch wir hätten anregende Begegnungen gehabt. Und um ein bisschen mithalten zu können und unserem Reisezweck auch geschwind noch einen flüchtigen Anstrich von Studienfahrt zu geben, füge ich hinzu, dass es bei uns so gewesen sei, dass wir immer mal wieder Spuren aus preußischer Zeit entdeckt hätten.

Da lächeln sie milde und geben zurück, dass es davon hier ja mehr als genug gebe.

Im selben Augenblick beginnt der Schiffskörper zu vibrieren, schwarze Dieselabgase steigen auf und verwehen. Die Fähre hat ihre Maschinen angelassen, und die allgemeine Aufmerksamkeit richtet sich nun auf das Ablegemanöver, was Lilo leider dazu nutzt, mich von den beiden Damen wegzuziehen.

Zwei doofe, oberschlaue Oberlehrerinnen seien das, besonders die eine, die immer so gucke.

Bist du nicht selbst mit so einem doofen *Ober*lehrer verheiratet? will ich wissen.

Leider, sagt Lilo, aber ich sei ja zum Glück nicht ganz so *ober*schlau.

(Wenn das nicht ein Riesenkompliment war!)

Nette weiße Wölkchen, blauer Himmel, Bilderbuchwetter, als sich das Schiff mit uns in Bewegung setzt. In verhaltener Fahrt werden wir hoch droben, erhaben, die Nehrung auf der einen, die Stadt auf der anderen Seite, zwischen beiden hindurch übers Wasser getragen.

Die Nehrung: Natur, grün, Wald, stille Ufer, Angler. Von der Stadt sieht man die Hafenanlagen, Werften, Docks, Kräne, Kontainer. Das Hämmern auf Stahl klingt manchmal bis herüber. Schiffssirenen – und als Antwort unsere eigene, stark, kraftvoll. Ein gutes Gefühl.

Kameras und Fotoapparate suchen und finden jetzt überall etwas. Auch unser kleines Wegwerfding ist noch mal so richtig in Aktion. Der Rügener Geschäftsmann bietet sich an, uns aufzunehmen.

Also bitte! – Klick.

Ich entschuldige mich für das Apparätchen. Unsere Digitalkamera, wissen Sie… Oh ja, er verstehe. Auf sowas seien die ganz scharf hier. Aber er habe uns etwas mitzuteilen (bedeutet uns, mit ihm ein wenig beiseite zu treten). – Also. Er habe telefoniert, und er könne uns nun sagen, dass es noch eine Chance gebe. Unser Wagen sei nach seinen Informationen noch in Litauen! –

Wir sind platt: Wo? Und woher er das weiß, wollen wir wissen.

Nun, genau das seien so Dinge, die er eben leider nicht sagen dürfe, sonst sei die ganze Sache, die nicht leicht sei für ihn, das könnten wir ihm glauben, von vorneherein zum Scheitern verurteilt. Aber er wolle es kurz machen: Es sei so (er sieht sich nach den Seiten um und spricht auf einmal viel leiser), wir müssten noch dreitausend drauflegen, dann könnten seine Leute was machen, und wir kriegten unseren Wagen mit größter Wahrscheinlichkeit wieder zurück!

Wie bitte?? sage ich laut und lache ihn fast aus. Keinen müden Pfifferling werde ich drauflegen! (Zumal uns die ja auch gestohlen wurden!) Wenn ich den Wagen wiederhabe, dann gerne, aber doch nicht vorher!

Wie Sie meinen, sagt er und hebt die Schultern. Wenn ich so dächte, könne er leider nichts mehr für uns tun. Es sei nur ein Angebot gewesen. Er schnappt ein und trollt sich.

Bist du jetzt nicht zu barsch gewesen? fragt mich Lilo.

Das glaub ich nicht!

Eine gute halbe Stunde dauert die Fahrt durch das Memeler Tief, dann ist die ›Spitze‹ der Nehrung erreicht. Abgeplattet hat man ihre natürliche Form mit einer Mauer, die als Mole noch einige hundert Meter weit ins Wasser hinausreicht, den Weg für die Schiffe vorgibt und zuletzt eine Fahrwassertonne trägt.

Dahinter nach Süden beginnt gleich jener Strand, der sich achtundneunzig Kilometer bis an das Samland hinzieht und in dessen schmales Hinterland sich zwischen Heide, Wald und Wanderdünen all die verwunschenen Kurendörfer ducken, die man einst Schwarzort, Perwelk, Nidden, Pillkoppen, Rossitten, Sarkau nannte.

Die Fähre bewegt sich auf die Ostsee hinaus und das Land bleibt allmählich zurück.

Wer vermag sich das heute noch vorzustellen, dass diese Ecke des Baltikums hier, so weit weg von zu Hause, einmal ein Stück von Deutschland war?

Immersatt hieß die vorletzte und Nimmersatt die letzte Ortschaft, noch eine Tageswanderung weiter nördlich von Memel gelegen, dann erst kam die

Grenze, die seit den Ordensrittern und der Hanse für viele Jahrhunderte zu den wenigen unangetasteten in Europa zählte.

Der stille Kampf um die Stühle auf Deck ist längst entschieden. Wer seinen Platz kurzzeitig verlässt, hält ihn mit Hilfe einer Wolljacke, eines Schals, einer Decke besetzt. Eine Methode, die unter uns Deutschen immer zu funktionieren scheint.

Das Schiff hat nach einer Kursänderung Fahrt aufgenommen, ist nun auf dem offenen Meer und überträgt den mäßigen Seegang mit sanften, fast unmerklichen Eigenbewegungen auf seine Passagiere. Kurs – ich schätze mal Westsüdwest.

Wir suchen uns ein windgeschützteres Plätzchen zum Anlehnen und genießen die Sonnenstrahlen dieses Spätsommernachmittags auf See. Die Küstenlinie ist schmal geworden, entschwindet mehr und mehr.

Unser Handy piepst. Wer hat es? Du? Ach nein, ich. --- Kristina!! Süße!! Endlich rufst du mal an! – – – Ja, macht ja nichts. Wie geht's dir? Geht's dir gut? – – – Schön, prima! – – – Ohje, sehr schlimm? – – – Naja. Und das Wetter? – – – Ja, kann ich mir denken. Habt ihr viel Spaß? – – – So?? Aha. Einer aus eurer Gruppe? – – – Warte, ich geb dir mal kurz die Mutti, der kannst du alles genau erzählen! – – – Achso, achso, also dann Mäuslein, pass gut auf dich auf! Grüße von der Mutti! Dicke Bussis!- – – Ja, tschüs! – – – Tschü-hüs! Bussis! – – – Bis bald! Tschü-hüs! --- Schon weg. Sie hat kein Geld mehr gehabt, die Süße, saust so schnell durch. Es geht ihr aber gut, verstehn sich alle prima. Jeden Tag heiß, bloß die Duschen würden stinken.

Oh, die Arme!

Aber dafür sind sie den ganzen Tag im Wasser. Und verliebt hat sie sich, glaubt sie, auch.

Ach nee! Nicht zu glauben mit der Person! Hab ich doch genau gewusst! Die wird doch hoffentlich auf sich aufpassen!

Hab ich ihr ja gesagt. –

Die süße Maus. Gott sei Dank!

Lilo holt uns die Pullover und berichtet, als sie zurück ist, dass die Russen nirgendwo waren. Aber dieser Rügener habe sie von der Bar aus mit glasigen Augen dumm angeglotzt. Wirklich ein Heini sei das.

Eine Dame, die sich ganz in unserer Nähe von ihrem Stuhl erhoben hat (ohne ein Zeichen des Besitzrechtes hinterlassen zu haben), macht uns darauf aufmerksam, dass sie gleich wiederkomme und den Stuhl in Anspruch nehmen werde. Ich sage, wir haben schon stundenlang gestanden und würden uns auch gerne einmal hinsetzen. Als sie zurückkommt und Lilo mit geschlossenen Augen sitzen sieht, nimmt sie den Kopf hoch und straft mich mit Verachtung (woraufhin ich auch prompt ein schlechtes Gewissen bekomme).

Im Dunst des Horizontes ist nun nur noch ein dünner Streifen wahrnehmbar, und ein schwaches Leuchten. Ich bin an die Reling gegangen, um besser sehen zu können. Welch altmodisch schönes Trugbild, es könnte der Bernstein vor Palmnicken sein, den die Sonne des frühen Abends noch einmal aufglühen ließe. Aber bald verschwimmt alles vor meinen Augen.

Ja. – Ostpreußen adé.

Wir gehen zeitig zum Abendessen. Seit dem Frühstück haben wir nichts mehr zu uns genommen. Das Schiffsrestaurant hat Selbstbedienung. Ungemütlich. Das Tablett am Tresen entlangschieben und sagen, was man auf den Teller geklackst haben möchte.

Als wir mit den Tabletts in der Hand einen Augenblick unschlüssig dastehen, schauen die beiden Strandläuferinnen (die ja gar keine sind) sehr freundlich, beinahe auffordernd zu uns her, aber ehe ich noch sagen kann, lass uns doch…, hat Lilo sich schnell für einen anderen Tisch entschieden.

Kurz vor unserer Kabine später wieder eine Begegnung mit Lilos Russen, die so ungern Platz machen.

Entschuldigung! sage ich deutlich und bestimmt, damit es selbstbewusst klingt. Sie rucken ein klein wenig, aber nicht gerne und sagen wieder kein Wort.

Noch während des Zähneputzens fängt Lilo so an: Weichuwach?

Was?? frage ich.

Gie wergn mir langcham ungheimlich, tönt sie.

Ich sage, ich verstehe dich so schlecht.

Sie sagt: Imma müchn gie hier aufm Gang chein. Jegechmal!

Ich sage, du hast Recht, deren ewige Patrouilliere-rei geht mir auch auf die Nerven. Möchte außerdem wirklich mal wissen, wovon die sich hier die höchste Kategorie leisten können! –

Lilo hat ausgespült: Und weißt du, was ich glaube? Nein.

Dass wir hier oben mit den Russen ganz alleine sind! (Sie putzt weiter.) Ngie chiehg mang jemang angerch. Keing Chguag, keing Chiffkoch, keing Graumchiff-kahidän, ngur imma gieche Ruchchen.

Ich frage: Was?

Sie sagt: Imma gieche Ruchchen!

Wie bitte?

Sie nimmt die Zahnbürste aus dem Mund: Die anderen Leute sind alle unten, haben weniger bezahlt und sind noch dazu in Sicherheit! (Sie nimmt Gurgel-wasser.)

Ja, sage ich, wenn man das geahnt hätte, aber… –

Lilo gurgelt und spült aus. Sie ist fertig, nur noch unterm Wasser die Borsten mit dem Daumen. Sie mag jedenfalls gar nicht mehr rausgehen, so zum Fürchten findet sie die. Fischchen, sagt sie, am besten schließen wir ganz fest ab und bleiben einfach hier drin! Wir schlafen mal rechtzeitig ein, du hast ja morgen eine an-strengende Fahrt vor dir. Und morgen stehn wir ganz früh auf, damit wir vor den Russen weg und schon beim Frühstück sind! Ich weiß nicht, sage ich, jetzt schon hier drin? Da fühl ich mich so eingesperrt, ich bin noch gar nicht müde.

Wir könnten uns ins Bett legen, sagt sie, und zum Beispiel noch was lesen.

In welches? frage ich.

Na, ich oben und du unten, damit dir nicht schwindelig wird. –

Ich weiß nicht.

Wir könnten ja auch… – Lilo will mir was ins Ohr flüstern, da klopft es plötzlich laut an unsere Tür. Laut und bestimmt! Viel zu laut und viel zu bestimmt für eine nochso burschikose Stewardess, die es hier ohnehin wohl nicht gibt, und schmächtige Stewards würden sich ja so etwas kaum getrauen, ganz abgesehen davon, dass auch sie auf diesem Schiff sicher nicht existieren. Bleiben nur die beiden Russen.

Wir sind zusammengefahren und haben, wie auf Verabredung, die Zeigefinger auf die Lippen gelegt. Mucksen uns nicht.

Da klopft es wieder! Grässlich laut und schrecklich stark! Unerträglich.

Wir stehen wie angewurzelt. Wir sind gar nicht da.

HALLO!! –

Eine Männerstimme! Und was für eine! Eine, die, wie man hört, genau weiß, dass wir doch da sind.

Nun hilft es nichts, nun muss ich zum Gegenangriff übergehen! Notfalls haben wir immer noch das Handy (wenn es hier zwischen all den Stahlwänden überhaupt funktioniert, aber nur diesen Gedanken jetzt nicht weiterdenken). Mit der respekteinflößendsten Klassenlehrerstimme, die mir zur Verfügung steht, rufe ich – ach was, brülle ich die Tür an:

WER IST DA??

Hansen (ganz friedlich auf einmal). Hansen hier. Entschuldigen Sie bitte die Störung, ich würde Sie gerne kurz mal sprechen! -

Puhh – tief durchatmen. Was ist bloß los mit uns auf dieser Reise? Was sind wir für Hasenfüße geworden?

Herr Hansen, ein Mensch so um die sechzig, schaut uns etwas verdattert an. Ich muss ihn ziemlich eingeschüchtert haben. Er hat von unserem Pech mit dem Auto gehört und dass wir aus Baden-Baden sind, und weil er aus Bad Dürkheim ist, bietet er uns an, uns bis Mannheim mitzunehmen. In seinem alten Mercedes sei genug Platz, er sei alleine, fahre lieber in Begleitung, da könne man sich unterhalten auf der langen Strecke.

Wir sind natürlich überrascht, danken für das freundliche Angebot, Schwester und Schwager wollten allerdings schon ein Mietauto organisiert haben.

Das Mietauto könnten wir uns sparen, sagt Herr Hansen, er würde auch keinen Beitrag von uns verlangen, lediglich für den Rest der Strecke müssten wir uns etwas einfallen lassen. Wir könnten es uns ja überlegen, er schlage vor, dass man sich nachher in der Bar treffe.

So geschieht es.

An der Theke sitzen dann Herr Hansen, ein Herr namens De Boer, halb Rhein-, halb Holländer, wie wir erfahren, und zwei Stühle weiter der Rügener, dessen Aufmerksamkeit sich ausschließlich auf das Decolletée des Barmädchens zu richten scheint, während sie ihm Hochprozentiges nachschenkt.

Weiter längs Lilos angebliche Russen.

Herr Hansen nimmt es uns nicht übel, dass wir sein Angebot nicht annehmen. Lilo hatte gewollt, weil sie es nett fand von ihm und weil man es eigentlich nicht ablehnen kann – und aus Sparsamkeitsgründen. Ich nicht, weil man den Mann nicht kennt, nicht weiß, wie er fährt, die neunhundert Kilometer, und weil ich die Pipipausen gerne selbst bestimme oder von Lilo bestimmen lasse. Das leuchtete ihr ein, und wir erfanden als Ausrede, noch auf der Expo in Hannover vorbeischauen zu wollen, so schnell käme man aus dem Süden nicht wieder herauf.

Das wurde verstanden.

Hansen ist Augenarzt und, genaugenommen, Dr. Hansen. Auf einem internationalen Ärztekongress hat er einen russischen Professor kennengelernt, der trotz seines hohen Alters noch praktiziert, und zwar in einer Augenklinik in Königsberg. Seitdem fährt er ein-, zweimal im Jahr zu ihm und bringt Medikamente mit, die dort dringend benötigt werden, aber nicht zu kriegen sind. Anfangs ist er über Polen gefahren, aber seit es die Fährverbindung gibt, nimmt er lieber den Weg über die Nehrung. Das sei zwar teurer, aber bequemer und koste nicht so viel Zeit an den Grenzen.

De Boer, im Alter so zwischen Hansen und uns, vertreibt von Thüringen aus Blockhäuser. Er ist kurz nach der Wende rübergegangen, hat mit Gartengerätehäuschen angefangen und bietet heute Wohnqualität bis in gehobene Preisklassen an, wie er sagt. Seine Häuser seien ganz aus Holz, würden in Litauen gefertigt und dann für den Käufer an Ort und Stelle aufgebaut. Mindestens jeden Monat einmal mache er die Reise; wenn es eilig sei, auch mit dem Flugzeug, Erfurt – Berlin – Palanga.

Nein, einen Spanier aus Stuttgart kenne er nicht.

Wir haben uns sehr bald zu viert um einen Tisch gesetzt, einander zugeprostet, und Lilo erzählt noch einmal in aller Ausführlichkeit, was sich zugetragen hat, und sie genießt es sichtlich, im Handumdrehen die Sympathie beider Herren errungen zu haben (meine hat sie ja sowieso) und Mittelpunkt unserer kleinen Runde zu sein. Da sieht sie auch darüber hinweg, dass ich mich in der Stunde, in der die beiden Strandläuferinnen einen Drink zu sich nehmen, ab und an mal wie zufällig umdrehe.

Dem Rügener ist sein Kopf auf die Theke gesunken, und als er sich aufrafft zu gehen, hat er große Mühe, sich auf den Beinen zu halten. Wie in einer Straßenbahn greift er nach den Messingstangen, die den Sitzbereich abtrennen. So hangelt er sich hinaus.

Er wolle den Mann nicht schlechtmachen, sagt De Boer, aber wir sollten uns ein bisschen vor dessen Geschäften in Acht nehmen.

Schließlich, zu später Stunde, kommen wir noch einmal auf das Königsberger Gebiet zu sprechen, dass es ja eine russische Exklave sei, die, wenn Polen und Litauen nun bald EU-Mitglieder würden, einen richtigen Fremdkörper innerhalb der Union darstelle. Und als jeder von uns drei Männern alsbald behauptet, schon davon gehört zu haben, dass Russland seine Oblast Kaliningradskaja den Deutschen längst hinter vorgehaltener

Hand angeboten habe, wir nur einen angemessenen Preis zahlen müssten, da gibt es hinter der Theke plötzlich einen Knall wie von Glas und ein Klirren.

Dem Barmädchen rollen augenblicklich die Tränen, es bückt sich mehrmals und kommt mehrmals augenwischend wieder nach oben.

Was ist denn da los? Was machen *die* denn da? frage ich.

Russen, sagt Dr. Hansen. Nicht einmischen! Denen hat irgendetwas nicht gepasst. Wahrscheinlich wollte sie ihnen nichts mehr geben. Und sie ist Litauerin.

Also doch! flüstert mir Lilo zu.

Wir nehmen den Vorfall als Zeichen zum Aufbruch und stoßen im Zwischendeck auf eine halb unter einem Deckstuhl liegende Person. – Es ist der Rügener Geschäftsmann!

Lilo und ich sind erschrocken, Herr De Boer winkt ab: Das kenne man schon bei dem.

Dr. Hansen schaut nach ihm: Keine Sorgen, der hat nur zu tief ins Glas geguckt. Er werde Bescheid geben, das Schiff sei unter deutscher Führung, man werde sich um ihn kümmern.

Die Nacht hinter den Scheiben unseres Kabinenfensters ist schwarz. Weit weg vereinzeltes Aufblinken.

Ein Blick auf die alte Karte: Nach meiner Schätzung müssten wir auf der Höhe von Stolpmünde sein. Oder Rügenwalde. Kolberg jedenfalls noch nicht.

Fischchen, komm, sagt Lilo. Sie hat die Frage der Bettenwahl schon gelöst, liegt unten und hält mir die Decke auf: Weißt du, dass du seit fünf Minuten Geburtstag hast?

Draußen hat der Wind zugenommen. Das Rollen des Schiffes über seine Längsachse ist spürbarer geworden und verstärkt durch sein beständiges Wiegen unser Wohlbefinden auf wunderbare Weise.

Bienenstich zum Geburtstag

Der Morgen beginnt grau. Land ist zu sehen. Auf dem Weg zum Frühstück doch wirklich wieder die Russen. Aber, wer hätte das gedacht: Sie machen Platz! – (Achso, wir sind in deutschen Hoheitsgewässern!)

Unten sehen wir den Rügener Geschäftsmann in Schlips und Kragen sein Tuckeei aufklopfen, als ob nichts gewesen wäre.

Bald heißt es, Auf Wiedersehen sagen, die Autofahrer müssen zu ihren Wagen. De Boer will uns einen Prospekt schicken, bei Dr. Hansen sollen wir vorbeischauen, wenn wir mal wieder in die Pfalz kommen.

Die Fähre läuft einen weiten Bogen, man sieht einen Teil der Kreidefelsen, sie legt rückwärts an in Neu-Mukran.

Wir Fußgänger werden in einem VW-Bus zum deutschen Zoll gefahren. Sorgfältiges Studieren unserer Pässe. Anschauen der Gesichter.

Hinter uns ein Audi mit russischem Kennzeichen. Schau mal einer an, unsere beiden Russen! Und der Zollmensch grinst, winkt sie locker an uns vorbei, man kennt sich anscheinend! Was soll man nun davon halten?

Von den beiden Strandläuferinnen erheische ich beim Aussteigen noch ein letztes Lächeln, und einen Blick, besonders natürlich von der einen.

Dann stehen wir bald ziemlich verlassen auf dem riesigen, fast leeren Parkplatz und erwarten den Mietautofritzen.

Ich glaube, die Sonne kommt noch, sage ich. Über der See ist der Himmel schon blau und wir haben Nordostwind.

Wünsch dir doch was, sagt Lilo, heute ist der vierte September!

Sie trägt ihren Bernstein um den Hals. Er hat die Farbe ihrer Augen, und das Lederband sorgt für was Indianisches.

Eigentlich habe ich doch schon alles, sage ich. Aber weißt du was, wir bleiben noch einen Tag!

Später fuhren wir in aller Gemütlichkeit die vorpommersche Küste entlang, Richtung Südwesten. Wir holten uns in einer kleinen Bäckerei am Bodden Bienenstich, und an einem ziemlich einsamen Strand, der dem Paradies nicht unähnlich sah, badeten wir ohne alles in der Ostsee.

Dann aßen wir den Geburtstagskuchen, guckten den Möwen beim Segelfliegen zu und ließen uns von der Sonne wärmen.

Übrigens

Unser Auto blieb verschollen. War klar. Aber die Versicherung hat bezahlt. Wenigstens das. Hatten sich noch gewunden wegen des fehlenden Schlüssels, mich genötigt, ihn schriftlich einzufordern, mit Durchschlag.

Ich hab an das Kommissariat geschrieben, deutsch und englisch, aber nichts ist passiert. Dann haben sie eben trotzdem bezahlt. Eine klägliche Summe halt, Zeitwert, und die Kamera war auch nicht mitversichert.

Ganz privat hab ich noch mal Post geschickt. An unseren Kommissar und an die Tatzeugin. Habe Belohnungen ausgesetzt für jede Kassette, die aufgefunden wird. Ziemlich hoch sogar, finde ich, dreihundert Mark. War doch viel Geld in Litauen. Bei unserer Zeugin gleich noch zehn Mark ins Kuvert gesteckt, für Portoauslagen, hab ich erklärt. – Aber nichts. Funkstille. Nie je auch nur ein Mucks. Weder von ihm, noch von ihr.

Wenn ich mir vorstelle, die Aufnahmen würden tatsächlich eines Tages wieder auftauchen, die Dinger im Briefschlitz stecken! – Und wenn's nur die ›Mikołaiki‹ wäre mit der komischen Tante. Das würde mir schon viel bedeuten.

Frau Frankenberg hat gleich zu Weihnachten ein Päckchen geschickt. (Wie Lilo früher umgekehrt.) Wesołych Swiat und einen Bildband! Farbige Luftaufnahmen vom Ermland und von Masuren. Damit wir einen kleinen Trost hätten. – Die Liebe! Sogar Dietrichswalde ist zu sehen.

Übrigens. Natürlich hatte Lilo schon nach einigen Tagen beim schwäbischen Spanier nachgehakt. Da weilte der gerade in England, erinnerte sich sogar und versprach ihr, an der Sache dranbleiben zu wollen, aber gehört haben wir doch nichts mehr, und Lilo fand es zu blöd, nochmal hinterherzutelefonieren.

Ach ja, die Stuhlträgers. Ein Jahr nach unserer Reise führte Lilo kurzzeitig eine kleine Korrespondenz mit ihnen. Sie haben noch schöne Fotos, die sie uns zeigen wollen. Es wurde die gegenseitige Absicht geäußert, sich zu besuchen, sobald man in die Nähe käme.

Vor zwei Jahren kamen wir zum Ende der Herbstferien auf der Autobahn an Bern vorbei. Aber wegen meiner unguten Gefühle in Tunnels hatten wir zwar eine tolle, jedoch etwas umständliche und zeitraubende Rückfahrt vom Lago Maggiore her über Simplon- und Grimselpass hinter uns; es war Sonntagabend und Kristina war dabei. Die quängelte und wollte partout ihren Christoph noch sehen, und für sie und mich begann am nächsten Morgen die Schule wieder.

Außerdem wohnen Stuhlträgers in irgendeinem winzigen Nest irgendwo in der Nähe Berns, sicher schwer zu finden, zumal im Dunkeln, und regnen tat es auch. Mal ganz davon abgesehen, dass sie sich bestimmt bedankt hätten, so ohne Vorankündigung.

Und Ostpreußen? – Was mich betrifft, ich will schon noch mal.

Zum Beispiel das Memelland in aller Ruhe zu Ende bringen. Mit der Morgensonne im Rücken an der Win-

denburger Ecke stehen und rübergucken: wie von da aus die Wanderdünen grüßen. Dann vielleicht tatsächlich über Tilsit nach Königsberg (soll ja kaum was übrig sein, leider). Aber wenigstens kurz den Dom und Immanuel Kant. Zum Luftholen anschließend an die Steilküste von Rauschen, das noch intakt sein soll, ganz unter Bäumen – in deren Schatten Bracherts nackte Wasserträgerin. Vielleicht wäre man dort sogar wieder für zwei, drei Tage gerettet! – Und weiter würde man sehen.

Fischchen, kommst du dann wieder mit?

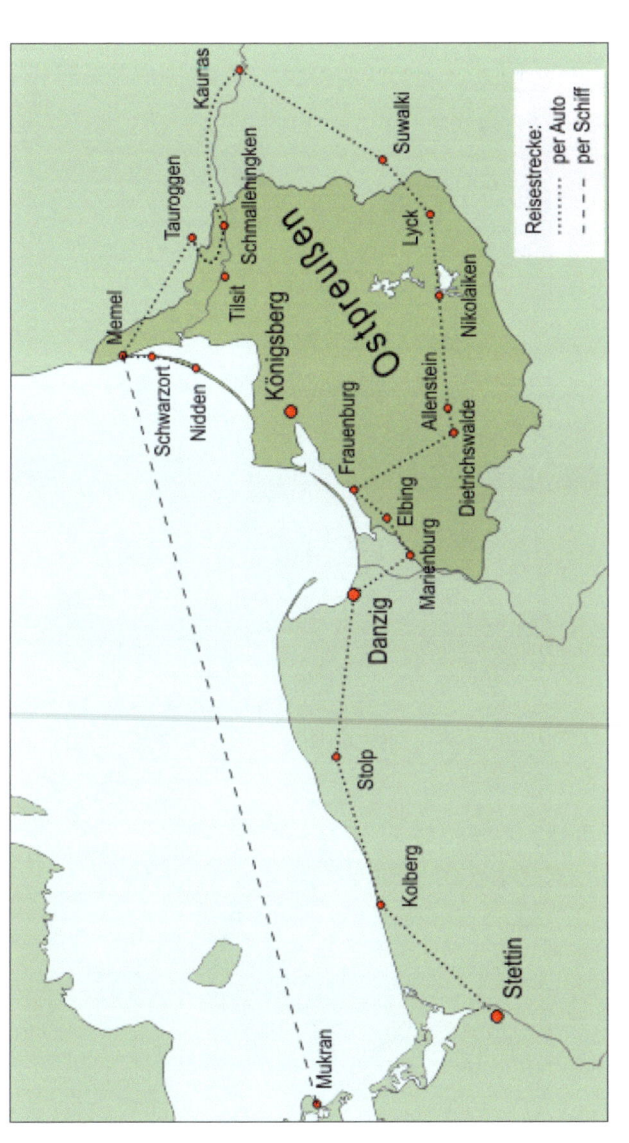

Reisestrecke:
.... per Auto
– – – – per Schiff

Kauras

Suwalki

Tauroggen

Schmalleningken

Lyck

Tilsit

Ostpreußen

Nikolaiken

Memel

Königsberg

Allenstein

Schwarzort

Nidden

Frauenburg

Dietrichswalde

Elbing

Marienburg

Danzig

Stolp

Kolberg

Stettin

Mukran

Estland

Lettland

Litauen

Riga

Liepāja

Klaipeda

Kaliningrad

Gdansk

Polen

BALTIKUM

Dagö

Ösel

Gotland

Öland

OSTSEE

Bornholm

Rügen

Stockholm

Schweden

Malmö

Dänemark

Fyn

Kategat

Skagerrak

Oslo

Deutschland

(c)L 2003 Wikipedia